Menschen Tiere Irritationen

Ruth Lisa Knapp

Für Pauline, später…

Ruth Lisa Knapp

Menschen Tiere Irritationen

Storys

Bibliografische Information der Deutschen Nationalbibliothek:

Die Deutsche Nationalbibliothek verzeichnet diese Publikation in der Deutschen Nationalbibliografie; detaillierte bibliografische Daten sind im Internet über http://dnb.dnb.de abrufbar.

© 2018 Ruth Lisa Knapp
© Coverbild: Ruth Lisa Knapp

Herstellung und Verlag: BoD – Books on Demand, Norderstedt

ISBN: 978-3-743104044

INHALT

Der Entenmann 7

Die Bären von Belitza 17

Als wir die weißen Motten hatten 27

Die Schmetterlinge meiner Mutter 37

Gypsy Queen 47

Die erste Freundin 55

Muschi 61

Weinbergschnecken 67

Herr Wolf 75

Ein schwacher Trost 81

Frau und Hund 85

Blaugraues Gefieder 95

Vom Scheitern 105

Waldsterben 115

Der Entenmann

Was kann ich wissen?

Ich bin mir sicher, dass ich den Mann gesehen habe und dass er zu dem Zeitpunkt noch am Leben war. Das war am letzten Sonntag. Es war der einundzwanzigste Dezember, der dunkelste Tag.

Ich hatte nichts zu tun und wollte am Nachmittag nur ein wenig an die frische Luft gehen. Wie viele Male zuvor spazierte ich am Kanal entlang, auf dem oberen Weg. Da sah ich unten, direkt am Wasser, auf der kleinen Treppe einen Mann sitzen. Er fütterte die Enten, und ich bin überhaupt nur stehengeblieben, weil da so ein Getriebe herrschte im Wasser, ein Hin-und-Herstieben, gelegentliches Aufflattern, hektisches Schnattern. Mehr als das übliche Futterneidpanorama. Vor allem Stockenten waren das, auch ein paar Blesshühner waren darunter, und beim genaueren Hinsehen erkannte ich eine grellbunte Mandarinente, ein männliches Tier im winterlichen Prachtgefieder. Es handelt sich um Immigranten aus Asien, die in den letzten Jahren in unseren Breiten aufgetaucht sind und sich hier munter vermehren. Das waren sicher an die hundert Tiere, denen der Mann etwas zuwarf, Brotbrocken wahrscheinlich, und von allen Seiten kamen immer noch mehr angeflattert und angeschwommen. Seine Mütze fiel mir auf, eine knallrote Strickmütze, wie sie sonst nur Gartenzwerge tragen, die stach hervor inmitten der grauen winterlichen Szenerie.

Ich stand also eine Weile oben am Weg, schaute durch eine Lücke zwischen den kahlen Büschen aufs Wasser hinunter und beobachtete das wilde Treiben. Dann zog ich mein Handy aus der Jackentasche und machte ein Foto. Warum? Weil ich jeden Tag ein Foto mache. Ich halte fest, wo ich gewesen bin an dem Tag, was ich gesehen habe. Nichts Besonderes, ein Schnappschuss eben.

Obwohl eine Handykamera beim Auslösen kein Klicken erzeugt, das man unten hätte hören können, wandte der Mann den Kopf kurz nach rechts und nach links. Schnell steckte ich die Kamera wieder ein und ging ein paar Schritte weiter. Wieder blieb ich stehen und sah dem Spektakel aus dem neuen Blickwinkel weiter zu. Es ist nicht nötig, die Tiere im Winter zu füttern, sie finden selbst genug artgerechtes Futter, es schadet ihnen sogar, das nasse Brot verdirbt ihnen den Magen und es verdirbt das Wasser, aber das wissen immer noch nicht alle, oder sie wissen es und halten sich nicht daran. Aber zu ihm hinuntergehen und ihn ansprechen wollte ich nicht, ich beobachtete nur. Sein Futtervorrat schien unerschöpflich und der Hunger der Vögel unersättlich zu sein.

Und jetzt kommt's: Heute Morgen sehe ich in der Zeitung ein Foto, das mir bekannt vorkommt. Da ist der Kanal, die Böschung, die kleine Treppe, darauf liegt ein Mensch mit dem Gesicht nach unten und seltsam verdrehten Gliedern, den Kopf auf der obersten Stufe, die Füße im Wasser. Nur zwei Enten. Dann hatten sie ihn wohl umgedreht, denn auf dem zweiten Foto sieht man das Gesicht in Großaufnahme, und daneben liegt diese seltsame Mütze im Gras.

Die Polizei bittet die Bevölkerung um Mithilfe bei der Identifizierung des unbekannten Mannes, der am Morgen des zweiundzwanzigsten Dezember an dieser Stelle tot aufgefunden wurde und zweifellos durch Gewalteinwirkung ums Leben gekommen ist. Mehrere Schüsse aus mittlerer Distanz in Hals und Rücken.

Was soll ich tun?

Mein Herz klopft. Ich kenne den Mann nicht. Aber er ist in meinem Handy. Das ist unverkennbar die gleiche Person, die gleiche Stelle und die gleiche Mütze. Vielleicht bin ich der Letzte, der ihn lebend gesehen hat. Nein, dann wäre ich ja – Was tun? Mich melden, das Handy vorzeigen, wo das Bild gespeichert ist mit Datum und Uhrzeit? Es würde beweisen, dass er am 21. Dezember kurz nach fünfzehn Uhr noch gelebt hat. Wäre das ein sachdienlicher Hinweis? Ich war am Tatort. Man wird mich ausfragen in so einem schmucklosen Raum mit Mikrofon auf dem Tisch und Einwegspiegel an der Wand, hinter dem die Kollegen des Kommissars auf meine Körpersprache, meine Stimme und meine Mimik achten werden, um mich schließlich zu überführen.

Ich könnte das Foto löschen und die Sache vergessen. Der Entenmann. Dort auf der Treppe erschossen – von wem? Wenn sie nach meinem Alibi fragen, denn danach fragen sie immer, ich habe genug Tatort-Sendungen gesehen, um das zu wissen, was sage ich dann? Ich bin nach Hause gegangen, habe mir einen Tee gemacht, abends ferngesehen. Kein Alibi, ich lebe allein. Das Motiv wollen sie auch immer herausbekommen, sie stellen Mutmaßungen an über die Hintergründe, Kontakte, Kommunikationsdaten, dann gibt es einen Durchsuchungsbefehl, sie wühlen in meinen Schubladen, und für den DNA-Abgleich stecken sie mir ein Wattestäbchen in den Mund. Sie überprüfen die Kontobewegungen. Einer, der sich nachmittags an den Kanal setzt und die Enten füttert, wird nicht gerade reich sein, aber wer weiß.

Ich hole mein Handy, betrachte das Bild, das ich gemacht habe an jedem dunklen Tag kurz vor Weihnachten. Gute Aufnahme. Wieso hat ihn denn keiner vermisst? Haben sie das überhaupt abgeglichen mit den Vermisstenmeldungen der letzten Zeit? Seine Fingerabdrücke verglichen mit denen der erkennungsdienstlich Behandelten in ihrer Kartei? Was ist mit der Spurensicherung? In der Zeitung ist seine Kleidung beschrieben: Jeans, beiger Pulli, olivgrüner Parka, das sind Allerweltsklamotten. Keine Dokumente, in den Taschen nur ein paar Brotbrocken. Und auch die rote handgestrickte Mütze haben sie erwähnt. Wer hat sie ihm gestrickt? Da muss es doch eine Frau, Tochter, Mutter geben. Und wieso kamen die vielen, vielen Enten zu der Stelle, so viele wie nie? Ich muss da noch einmal hin, jetzt gleich.

Was darf ich hoffen?

Jetzt ist es passiert. Ich brauchte gar nicht zu entscheiden, ob ich mich bei der Polizei melde, um zur Aufklärung des Falls beizutragen, oder ob ich die Sache einfach vergesse. Ich bin festgenommen worden. Bevor ich einem Richter vorgeführt werde, nur schnell so viel: Ich kam zu der Stelle am Kanal, der Tatort war längst wieder freigegeben, nur ein kleiner Fetzen rot-weißes Absperrband hatte sich in einem Busch verhakt, ich hätte die Stelle auch so gefunden. Die leere kleine Treppe. Keine Enten. Hat mich vielleicht jemand gesehen, damals vor drei Tagen? Möglicherweise waren ein paar Leute an mir vorbeigekommen, ich habe sie nicht beachtet und sie mich nicht. Aber man weiß ja nie, womöglich gab es Zeugen. Könnte es sein, dass mich jemand von der anderen Kanalseite aus beobachtet hat, wo ein ebensolcher Weg auf der Böschung entlangführt? Konnte man von dort drüben aus das Handy für eine Pistole halten? Ich schätzte die Entfernung auf etwa zwanzig, höchstens dreißig Meter.

Drüben, direkt gegenüber, sah ich einen Graureiher am Ufer. Es gibt im Winter einige wenige dieser seltenen Standvögel in der Stadt. War das etwa derselbe, der sich im Oktober in unseren Garten verirrt hatte und dann stundenlang auf dem Dach gegenüber stand, neben der Fernsehantenne? Leider hatte ich meine Optik nicht dabei, also zog ich das Handy aus der Tasche, während ich, um die Distanz ein wenig zu verkürzen, zum Kanal hinunterstieg. Aber kaum hatte ich die Böschung betreten, da schoben sich von beiden Seiten zwei Männer an mich heran und versperrten mir den Weg. Einer war in Zivil, der andere trug einen weißen Overall, einen Schutzanzug, wie ihn die Maler benutzen.

Was machen Sie hier? – Ich? Ich will den Graureiher dort fotografieren. – Den Graureiher? Wo?

Ich zeigte auf das andere Ufer. Da war aber gar kein Reiher mehr. – Ich wollte die Enten füttern, schob ich schnell hinterher.

Aha, dann legen Sie mal los. Die beiden folgten mir die steile Böschung hinunter bis zu der kleinen Treppe. Lange kramte ich in meinen Taschen, ich hatte ja kein Futter dabei, man soll die Tiere doch gar nicht füttern. Sie wollten eben fotografieren, sagte der eine. Wissen Sie, dass das ein Tatort ist? Der andere griff nach dem Handy, dann verlangte er meinen Ausweis. – Sie kommen jetzt mit uns.

Und dann gleich das Verhör, genau wie ich es vorhergesehen hatte. Weder Alibi noch Motiv. Wieso ich den Mann damals fotografiert hätte? Natürlich hatten sie das Handy gecheckt. Und war ich etwa zum Tatort zurückgekehrt, um Spuren zu verwischen? Wo war die Waffe? – Nein, nie, ich habe nie eine Waffe besessen, geschweige denn damit geschossen. Sie waren höflich zu mir, aber ich durfte nicht nach Hause gehen, jetzt sitze ich hier in einer Zelle wie ein Verbrecher und warte. Dass ich jedes Jahr an der Zählung der Wintervögel teilnehme und mich daher die Masse an Enten interessiert hat, haben sie mir nicht abgenommen. Dass ich den Reiher fotografieren wollte, haben sie mir nicht geglaubt. Von den Vögeln wollten sie überhaupt nichts wissen. Ich habe mich in Widersprüche verwickelt, das gebe ich zu, mehr aber auch nicht. Jetzt hoffe ich auf einen tüchtigen Anwalt und einen einsichtigen Richter.

Was ist der Mensch?

Ich bin wieder frei, soll mich aber weiter zur Verfügung halten. Sie verfolgen jetzt eine andere Spur. Auf dem Nachhauseweg fiel mir ein: Es gab Zeugen, viele sogar. Er hatte noch Brotbrocken in den Taschen, also war er während des Fütterns erschossen worden. Sie mussten es bemerkt haben. Vielleicht hat der Knall sie erschreckt und sie sind aufgeflogen. Oder sie haben sich erst zerstreut, als keine Futterbrocken mehr im Wasser landeten.

Auch wenn unsere Sphären sich manchmal berühren, wenn sie gierig heranstürmen, um einen Bissen zu ergattern – unsere Menschenwelt interessiert sie nicht. Woran wir leiden und worüber wir uns freuen, das ist ihnen völlig gleichgültig. Nur wir mischen uns überall ein, füttern Vögel, die sich sehr gut selbst ernähren können, schießen Fotos, schießen einander tot.

Die Bären von Belitza

Malin kommt vom Jobcenter. Obwohl sie einen Termin hatte, hat sie lange warten müssen, es wird schon dunkel. An der Bushaltestelle ist ihr ein Plakat aufgefallen, das Foto eines riesigen Braunbären, der traurig in den Feierabendverkehr blickt. Zu Hause lässt sie den Beutel mit dem unnützen Papierkram im Flur fallen und wirft den Mantel über einen Küchenstuhl. Sie geht zu ihrem kleinen Schreibtisch im Schlafzimmer und schaltet das Notebook ein. Im Posteingang sind nur ein paar Werbemails, Malin löscht sie weg und geht auf die Seite der Organisation, die auf dem Plakat vermerkt war.

Der Bärenpark von Belitza, liest Malin, ist erweitert worden, zehn Bären leben inzwischen dort. Tsveta und Izaura sollen so bald wie möglich auch nach Belitza überführt werden. Das kostet natürlich Geld, Spenden sind dringend erwünscht. Auch in der Ukraine und in Pakistan warten Bären auf ihre Befreiung aus der Sklaverei, in die Menschen sie gezwungen haben. Thomas kommt nach Hause, Malin hört, wie er die Wohnungstür aufschließt. Sie dreht sich nach dem Flur um, nickt kurz und wendet sich wieder dem Bildschirm zu.

Hallo. Bist du im Internet?

Malin nickt heftig, eine Haarsträhne fällt ihr über die Augen, sie streicht sie zur Seite. Tzveta hat vierzehn, Izaura sechzehn Jahre lang als Tanzbärin gedient. Beide sind unterernährt, haben Verwachsungen und eiternde Wunden an Nase und Lefzen, von den Ringen, an denen sie herumgeführt werden. Izaura verbringt ihre Nächte in einem windigen dunklen Verschlag, Tzveta wird jeden Abend in einer Erdgrube angekettet.

Ich schieb mir noch schnell ein Brot rein, dann machen wir uns fertig, ruft Thomas aus der Küche.

Malin klickt sich auf die nächste Seite. Tanzbären, erfährt sie, werden sehr jung schon zu einer fröhlichen Musik über glühende Metallplatten gejagt. Sie können nicht entkommen, denn man hat ihnen einen Ring in die Nase oder die Lefzen getrieben, an dem eine kurze Kette befestigt ist. Verzweifelt heben sie die Tatzen und springen hin und her, weil das Eisen ihre empfindlichen Sohlen verbrennt. Auf diese Weise versuchen sie, den grässlichen Schmerzen zu entgehen.

Thomas hat das Radio eingeschaltet, sucht einen Sender, Countrymusik. Die mithilfe von Eisen und Feuer trainierten Bären springen später genau so zur Musik, auch wenn sie kein glühendes Metall mehr unter ihren Tatzen spüren, auf jedem Marktplatz führen sie ihr frühes Trauma vor. Die Menschen finden das lustig, lachend schieben sie ihre Kinder nach vorn, machen Fotos, klatschen in die Hände.

Wie war's im Amt?, ruft Thomas aus der Küche. Oder Agentur oder wie das jetzt heißt.

Der Bärenführer lebt von dem Spektakel, ganze Großfamilien leben über zwanzig Jahre lang von einem einzigen Bären.

Malin, machst du dich fertig? Was liest du denn da? Thomas nähert sich von hinten, legt ihr eine Hand auf die Schulter und schnuppert an ihrem Haar. Wieder mal Tierseiten?

Sie sitzt ganz still, bewegt nur unmerklich die Schulter.

Bist du sauer auf mich oder was ist los?

Die Hand gleitet ab. Sie schüttelt den Kopf. Thomas atmet laut aus, dann greift er ihr Kinn mit der Hand und dreht ihr Gesicht zu sich herum.

Komm, mach aus, wir müssen vor acht vorm Kino sein. Sag mal - weinst du?

Sie dreht das Gesicht zum Bildschirm zurück und schluckt, zu spät, zwei Tränen tropfen auf die Tastatur.

Thomas wendet sich ab, öffnet den Kleiderschrank und kramt darin herum.

Das kann ja heiter werden heute Abend. Ich geh unter die Dusche, vielleicht erzählst du mir ja danach, was los ist.

Erst als der Bildschirmschoner sich einschaltet und die Fische über den Monitor zu gleiten beginnen, greift Malin zur Maus. Da sind sie wieder: Tsveta und Izaura, ihr struppiges braunes Fell, ihre vernarbten Pfoten, ihre langen empfindlichen Schnauzen, die ekelhaften Ringe dort, wo sie den Schmerz am deutlichsten fühlen. Man zerrt sie herum, sie sind gefügig, denn jedes Aufbegehren bedeutet größere Qual. Sie tanzen von früh bis spät, nachts geht es ab in die Erdhöhle. Diese Nacht wird es regnen, der staubige Pelz wird nass, Tzveta zittert in der Grube, Izaura liegt in ihrem Verschlag auf der Seite, der Wind pfeift durch die Ritzen. Sie kann sich nicht umdrehen, weil die Kette zu kurz ist. Ihre Pfoten zucken auch im Schlaf. Morgen tanzen sie wieder. Die Kinder klatschen den Takt mit, die Eltern werfen ein paar Münzen in den Hut. Ganze Familien leben von einem Bären, damit sie leben können, muss der Bär hungern, muss der Bär tanzen.

Das Radio spielt einen anderen Country-Song, Malin fröstelt. In ihrem Kopf wird es eng. Sie hat jetzt das Spendenformular vor sich, gibt ihre Daten ein. Hundert Euro spendet sie vom Gemeinschaftskonto, das ist ein Klacks, davon wird Thomas nicht arm, wird Izaura nicht satt werden, Tsveta wird davon ihren Ring nicht los. Sie schickt es ab, sitzt weiter da.

Thomas hat unter der Dusche ein bisschen gute Laune aufgetankt.

Einen Superjob haben sie dir offenbar nicht angedreht heute. Macht doch nichts, kannst noch ein bisschen pausieren. Wir haben vielleicht einen Stress bei uns in der Abteilung, du glaubst es nicht. Die Umstellung, du weißt ja. Nie komm ich pünktlich raus.

Er zieht sich ein frisches Hemd an und greift nach seinem Jackett.

Jetzt mach endlich aus, Malin. Wir treffen uns mit Bernd und Nele vor dem Eingang. Die wollen dann nach dem Film noch in das spanische Lokal gleich gegenüber. Da soll es Flamenco geben. Nele hat doch mal einen Kurs gemacht. Na ja, Anfänger. Aber wir müssen ja nicht mitgehen, wenn dir heute nicht danach ist. Vielleicht ist dir ja nach was anderem heute.

Er nähert sich wieder von hinten, beugt sich über sie, drückt seine Nase in ihr Haar. Sie riecht sein Rasierwasser.

Komm, sag mir, warum du geweint hast.

Die Bären, flüstert sie. Diese Tanzbären ...

Ja, lustig, lustig! Thomas richtet sich auf. Tanzbären! Mensch, du bist doch kein Kind mehr!

Schon ist die gute Laune aufgebraucht.

Warum machst du dich nicht fertig? Soll ich allein gehen?

Sie nickt. Das ist das Einzige, was sie im Moment tun kann.

Und dafür hat man jetzt eine Frau, dass man allein ins Kino muss. Was soll ich denn Bernd sagen – Mensch, nick doch nicht immer so bescheuert!

Sie streicht sich mit einer Hand über die Stirn, weil es sich in ihrem Kopf gerade noch ein wenig mehr zusammenzieht. Es hilft nichts. Das Tor schließt sich automatisch. Ganz langsam bewegen sich die beiden Schiebetüren aufeinander zu. Sie sind aus Stahl, er ist kalt, es schmerzt nicht.

Weißt du was? Dir ist nicht zu helfen!

Das Tor ist jetzt ganz zu und versperrt ihr die Sicht. Es dringt auch kein Ton durch. Solange das Tor zu ist, gehen die Lippen nicht mehr auf. Während Thomas in der Wohnung hin und her geht, das Radio ausschaltet und mit dem Schlüsselbund klappert, sitzt sie mit hängenden Armen vor dem Bildschirm. Jetzt kommen die Fische wieder, sie taucht in ihr Aquarium ein. Sie kennt sie alle, die Guppys und Segelflosser und Clownfische, wartet auf den Rochen, wartet auf den Hai.

Na dann – und Tschüss! In der Ferne klappt die Wohnungstür zu.

Malin sitzt. Das Telefon klingelt, sie nimmt nicht ab. Malin geht zum Bett, schiebt beide Zudecken in der hinteren Ecke zusammen und drapiert die Kopfkissen darum herum. Sie geht ins Wohnzimmer, sieht sich um, greift alle Kissen von der

Couch und die losen Polster von den Sesseln, schleppt sie zum Bett. Wenn sie sie aneinanderlehnt, entsteht eine Höhle. Sie holt die Stuhlkissen aus der Küche, im Bad rafft sie Handtücher und Bademäntel zusammen, trägt sie zum Bett, stopft damit die Lücken aus. Aus dem Wandschrank holt sie eine Wolldecke und zwei Schlafsäcke, entrollt sie, breitet sie über dem Kissenberg aus und klopft die Konstruktion zurecht. Zuletzt drapiert sie die große schwere Tagesdecke über alles und löscht das Licht.

Langsam, die Arme tastend vorgestreckt, nähert sich Malin der Höhle. Ihre Fußsohlen brennen, ihr Magen ist leer, ihr Fell ist nass, die empfindliche Haut darunter kräuselt sich, Kälte bis in die Knochen. Sie ertastet den Eingang, ganz vorsichtig, damit die Konstruktion hält, und schlüpft hinein. Arme, Beine und Kopf angezogen, macht sie sich ganz klein. Mit einer Hand zieht sie die Decken über das Eingangsloch, nur ein winziger Spalt bleibt offen. Jetzt ist Ruhe. Langsam öffnet sich das Tor. Jetzt ist sie in Belitza angekommen.

Man betupft die vereiterten Stellen, wo der Ring war. Es brennt ein wenig, doch sie atmet nun freier. Sie atmet ganz langsam. Die Abstände zwischen den Herzschlägen verlängern sich. Winterruhe. Schon wird ihr Rücken langsam warm, ihre Glieder entspannen sich. Sie schmiegt sich an die weichen Wände ihrer Höhle, zuckt zurück. Der Bärenführer wird kommen, wird an der Kette zerren. Sie befühlt ihre Nase, da ist kein Ring mehr. Nein, der Bärenführer wird selber tanzen heute Nacht. Sie darf ausruhen in ihrem Versteck, keiner wird sie stören. Und erst im nächsten Frühling, wenn die Bäume im Park schon grün sind, wird sie aus ihrer Höhle kriechen, wird blinzeln und sich recken und langsam hinuntertraben zum Teich. Sie findet Äpfel und Möhren und Brot im Gras und macht sich ans Fressen, bis ihr Bauch rund und voll ist. Zusammen mit Tsveta und Izaura wird sie lange baden. Die Tropfen, die sie sich aus dem Fell schütteln, glänzen in der Sonne, später im Jahr, im Frühling, in Belitza. Wie Filme in Zeitlupe sind die Träume der Winterruhe und leiten sie hinüber in den Schlaf.

Malin, ruft eine Stimme von draußen, wo bist du denn? Schläfst du schon? Thomas ist gekommen, was will er hier?

Malin. Hörst du? Schritte und Rascheln draußen, sie rührt sich nicht.

Als wir die weißen Motten hatten

In jenem Sommer muss ich blind gewesen sein. Ich erinnere mich noch gut an den Vormittag, als meine Nachbarin mit erhobener Stimme klagte, die Motten hätten ihre Vorräte verdorben. Alle Packungen mit Mehl und Gries und Haferflocken und sogar die Dose mit dem Müsli habe sie wegwerfen müssen, und jetzt sei sie immer noch nicht sicher, ob sich die Brut in den Ecken und Ritzen ihrer Hoch- und Hängeschränke nicht lustig weiterentwickle, um dann, in zweiter Generation, ihrerseits fruchtbar zu sein und sich zu mehren.

Wenn du sie hast, wirst du sie nicht mehr los, droht sie in ungewohnt hoher Tonlage. Tatsächlich schwirren ein paar helle, flirrende Tierchen durch ihre Küche, doch ich bin mir nicht sicher, ob ich sie tatsächlich gesehen habe oder ob die Suggestivkraft der nachbarschaftlichen Rede sie mir vors Auge gezaubert hat, egal. Bisher wusste ich nur: Motten gehen an Textilien, und Wolle mögen sie besonders gern. Meine Oma legte daher glatte Naphthalin-Kugeln in den Kleiderschrank, die sich mit der Zeit in Nichts auflösten und doch noch lange danach ihren stechenden Geruch verströmten. Sollten sich die Kerlchen in Ermangelung von Reinwollenem auch in die Küche verirren? Bei uns drüben habe ich bisher nichts bemerkt. Außerdem habe ich andere Sorgen. Lena ist so komisch die letzte Zeit und seit Jochen seine Arbeit verloren hat und nachts Taxi fährt, ist er tagsüber recht mürrisch bis unausstehlich. Schlafmangel wahrscheinlich. Oder die Schulden, mit denen wir jetzt nicht mehr klarkommen. Wahrscheinlich beides.

Er nimmt mich kaum noch wahr, klage ich am nachbarschaftlichen Küchentisch.

Ach, das kommt schon wieder. Hab ich dich jetzt! Die Nachbarin klatscht die Hände in der Luft zusammen, sodass ich mich erschreckt ducke.

Ich bin ganz leise, damit er ausschlafen kann, und wenn ich zur Nachmittagsschicht muss, mache ich vorher das Essen fertig, das muss er sich dann nur noch –

Klatsch!

Er erzählt mir überhaupt nichts von seiner Arbeit. Das ist doch ... Und Lena ...

Meine Stimme versickert, während die Nachbarin klatschend und fluchend zwischen ihren zwei

Reihen adretter weißer Küchenmöbel hin und her springt.

Ich geh mal wieder rüber.

Glasdosen mit Schraubdeckeln!, ruft sie mir nach.

Jochen ist schon aufgestanden. Er sitzt an unserem tiefseeblau gestrichenen Küchentisch und rührt in einer weißen Tasse. Kein Gruß, kein Kuss.

Drüben haben sie die Motten, verkünde ich betont ausgeschlafen, und Jochen schaut mich an, als sei ich mit einer völlig unverständlichen Botschaft von einem fernen Stern zurückgekehrt.

Scheiße, sagt er, nimmt seine Tasse und verschwindet im Bad. Soll ich jetzt anfangen zu kochen, oder legt er sich noch mal hin? Fragen geht nicht, er fühlt sich so leicht in die Enge getrieben. Ich lausche, ob er duscht, ob er die Klospülung betätigt, ob überhaupt irgendein Wasser fließt. Wenn kein Wasser fließt, wollte er mich nur abhängen und verschwindet gleich wieder im Bett.

Es klingelt. Die Nachbarin hält mir einen Becher hin und fragt nach Mehl. In ihrem seien doch, jetzt grinst sie sogar, die Motten. Ich grinse mitwissend zurück, nehme die Mehltüte aus dem Schrank und öffne sie.

Da da da! Iiiih. Die Nachbarin sticht mit spitzem, rosarot lackiertem Nagel in meine Tüte. Ein Gespinst, triumphiert sie, da! und schlägt sich sofort die Hand vor den Mund, mein Gott, er schläft ja noch.

Er schläft nicht mehr, flüstere ich, er ist im Bad, und wie zur Bestätigung ertönt die Wasserspülung. Ich habe meine Brille nicht auf und ohne die sehe ich die kleinen Dinge gar nicht. Sie stochert mit einem Esslöffel in der Mehldose herum, schüttelt den Kopf und legt den Löffel hin.

Ich wollte Pfannkuchen machen heute, dann eben nicht. Tschüss und schönen Tag noch.

Wenn er gespült hat, müsste er ja nun rauskommen. Wenn er rauskommt, müsste er etwas sagen. Wenn er nichts sagt, wenn er rauskommt, wäre ich lieber nicht da. Ich schnappe Einkaufsnetz und Geldbeutel und gehe nach unten, der Laden ist nicht weit. Hoffentlich kommt Lena rechtzeitig nach Hause, damit wir zusammen essen können. Vier lange Nachmittage die Woche sitze ich in einem riesigen Supermarkt an der Kasse, vormittags wäre mir lieber gewesen. Zudem überqualifiziert, denen ist das egal, mir nicht, aber einen Job in meinem Beruf habe ich auf die Schnelle nicht gefunden. Wenn ich abends wiederkomme, hat seine Schicht schon angefangen, dann kann ich mal in Ruhe mit Lena reden.

Es gibt Bratwurst, Sauerkraut aus der Dose und Kartoffelbrei aus der Tüte, garantiert mottenfrei. Lena kommt heute pünktlich. Sie ist die letzte Zeit sehr still, früher war sie immer am Plappern. Das kann ja noch nicht die Pubertät sein, sie ist doch erst acht. Als ich ihr eine Bratwurst auf den Teller lege, schön knusprig und nicht aufgeplatzt, zuckt sie zurück.

Kein Hunger? Kopfschütteln. Soll ich sie dir kleinschneiden? Kopfnicken. Sie spießt ein Stückchen auf die Gabel, lässt die Gabel sinken.

Mama?

Ja, was gibt's, wieder eine schlechte Note in Mathe oder was?

Sie schüttelt den Kopf und mir fällt ein, dass ich den Termin verschwitzt habe, den die Lehrerin uns vor ein paar Tagen mitgeteilt hat. Einladung zum Elterngespräch. Was das wieder soll?

Du, ich muss gleich weg. Ich rufe deine Lehrerin heute Abend an, wenn es das ist. Und wenn Papa aufgestanden ist, zeigst du ihm deine Hausaufgaben, ja?

Mama –

Ja ich weiß, aber ich kanns nicht ändern. Er fährt dich dann zur Sporthalle und zurück nimmst du den Bus. Übrigens, wenn du hier so kleine weiße Viecher rumschwirren siehst, dann klatschst du sie kaputt. Mach's dir halt später noch einmal warm, wenn du jetzt keinen Hunger hast, ich muss los.

Abends schaut Lena fern und ich sitze am ach so blauen Küchentisch. Noch immer piept der Scanner in meinem Kopf. Was hat die Nachbarin behauptet, in meinem Mehl wäre ein Gespinst? Ich hole die Packung aus dem Schrank, setze die Brille auf. Stimmt, das Mehl ist nicht sauber. Da sind ein paar klebrige Nestchen drin, wie zusammengeknüllte Spinnennetze. Ich löffle sie in den Mülleimer. Gläser mit Schraubdeckel kaufen, fällt mir ein.

Am nächsten Morgen, nachdem Jochen sich ohne

zu frühstücken hingelegt hat, klingle ich drüben.

Lena ist die letzte Zeit so komisch, fange ich an. Richtig verstockt ist sie, ich bekomme nichts aus ihr raus.

Ja, große Mädchen haben halt ihre kleinen Geheimnisse. Hatten wir doch auch, oder? Red halt mit ihr, empfiehlt die Nachbarin, die drei Töchter großgezogen hat, und dann ist sie wieder bei ihrem Thema. Sie war in der Drogerie und dort hat man ihr ökologisch unbedenkliche Mottenfallen empfohlen, aber es würde eine Weile dauern, bis die wirken.

Du meinst Fliegenfänger?

Nein, diese unappetitlichen Leimbänder meint sie nicht, die würden in dem Fall auch nichts bringen, sie meint Duftfallen. Männchen und Weibchen, Duftmoleküle, Vermehrung unterbinden, so recht verstanden hat sie nicht, wie das funktionieren soll, aber sie hat die Fallen, unauffällige gelbe Blättchen, schon angeklebt. Sie reicht mir die Verpackung.

Da steht: Wirkungsweise, nimm das mal mit. Scheint so zu sein, dass die Männchen die Papierblättchen für Weibchen halten und darauf hocken bleiben, was weiß ich.

Die haben Sex, die Motten? Lustige Vorstellung, wo sie doch so klein und flittrig sind. Ich lache lauter als mit lieb ist, lauter als angebracht, denn ich habe mit Jochen seit Wochen keinen Sex mehr gehabt, er mürrisch und frustriert, ich müde und erschöpft, naja, solche Phasen, das liest man immer wieder, kommen in den besten Familien vor.

Ich will nachher mal meine Pullover durchsehen, die ganzen Wintersachen im Schrank.

Die Nachbarin winkt ab. Was wir haben, das sind die weißen Motten. Die weißen gehen nicht an Kleidung, die gehen ans Essen, da nisten sie sich ein. Aber wir kriegen sie schon wieder weg!

Wie sie sich ereifert, denke ich. Was wollte ich eigentlich hier?

Später lese ich das Kleingedruckte auf der Packung, Pheromonfallen, aha, nicht giftig, gut. Lena soll Geheimnisse haben, geht mir durch den Kopf. Sie ist jedenfalls nicht gut drauf die letzte Zeit, irgendwas hat sie. Es gibt jetzt viel Mobbing in den Schulen, liest man immer wieder. Den Anruf bei der Lehrerin habe ich natürlich wieder vergessen. Am Abend nehme ich mir Zeit dafür. Obwohl ich nach dem Stumpfsinn an der Kasse immer ziemlich fertig bin. Und um die Schweinerei in der Küche muss ich mich auch noch kümmern, damit das nicht überhandnimmt. Aber erst mal in den Kleiderschrank schauen, sicherheitshalber. Wir haben im Moment ja kaum Geld, aber deswegen verwahrlosen wir noch lange nicht.

Im Schlafzimmer riecht es muffig, ich reiße das Fenster auf. Er könnte wenigstens mal lüften, bevor er geht. Die Tagesdecke, mein gutes Stück, liegt zerknüllt am Boden. Jochen lässt einfach alles stehen und liegen. Die dreckigen Socken gehören doch in den Wäschebehälter, er lernt das nie. Und ein Unterhöschen von Lena, das gehört auch nicht hierher. Ich mache die Betten, und dann habe ich keine Lust mehr, den Schrank auszuräumen, sie gehen ja nicht an Kleider. Ich leg mich lieber ein bisschen hin.

Am Samstag essen wir endlich einmal alle zusammen zu Mittag. Ein Brief ist gekommen, vom Jugendamt. Hausbesuch. Nächsten Montag, 11 Uhr. Versteh ich nicht. Ich gebe ihn an Jochen weiter.

Weißt du, was das soll?

Er weiß auch nicht, was das soll, gibt mir das Blatt zurück und beugt sich zu Lena hin:

Oder hast du was ausgefressen, Prinzessin?

Die schaut auf ihren Teller und schüttelt den Kopf. Und zu mir hin sagt er: Du bist ja dann da am Montag. Ich hau mich noch ein bisschen hin.

Ich bin verwirrt, wieso Jugendamt, muss wohl ein Irrtum sein. Oder ob die Schule … weil ich immer noch nicht angerufen habe? Bei uns ist doch alles in Ordnung.

Du merkst aber auch gar nichts!

Lena ist aufgesprungen, weg ist sie, die Tür von ihrem Zimmer fällt laut ins Schloss. Ich sitze da, am blauen Tisch, vor mir drei halb leer gegessene Teller, sie scheinen zu schwimmen. Drüben auf der Anrichte die am Morgen gekauften Gläser mit Schraubdeckel. Ich werde jetzt alles umfüllen … umfallen … mir ist so schwindelig …

Die Schmetterlinge meiner Mutter

Schmetterlinge leben nicht lang. Außer sie sind aus Porzellan, und auch die leben nicht ewig. Weg waren sie und vergessen, bis ich letztens bei der Hochzeit meines Enkels wieder an sie denken musste. Mit Helen, die für mich sorgt seit meinem Schlaganfall vor drei Jahren, war ich die weite Strecke von der Ostküste bis nach Kalifornien gereist, wo die Feier stattfand. Das Herz will nicht mehr so recht und die Beine wollen auch nicht mehr.

Als wir nach der Trauung aus der Kirchentür traten und im Halbkreis um das junge Paar herumstanden, stiegen wie aus dem Nichts Schmetterlinge auf und stoben davon in die blaue Luft, eine solche Menge, wo kamen die denn her? Ich wunderte mich, denn ich hatte nicht mitbekommen, dass ein paar der jungen Frauen kleine gelbe Pappschachteln in den Händen hielten, die sie vor dem Portal fast gleichzeitig öffneten. Daraus waren die Schmetterlinge hervorgeflattert und alle hatten ihnen nachgeschaut, hatten gelächelt und in die Hände geklatscht. Ein neumodischer Brauch muss das sein, ging es mir durch den Kopf, dass man eingesperrte Schmetterlinge freilässt, wenn das Brautpaar aus der Kirchentür tritt, anstatt Reiskörner zu werfen oder Bonbons. Später erfuhr ich, dass diese Tradition in Hawaii ihren Ursprung hat, woher die Braut stammt, und inzwischen durchweg verbreitet ist, beliebt in vielen Ländern weltweit. Denn wenn Schmetterlinge fliegen, sei dies ja immer ein Hochzeitsflug. Ich sah nur das Flirren und lebhafte Flattern, das Hochstreben zum Licht, auf und davon. Und da sind sie mir wieder eingefallen, die Porzellanschmetterlinge meiner Mutter.

Ich schwankte ein bisschen, es war nicht nur der plötzliche Wechsel vom kühlen Kirchenraum in die grelle kalifornische Sonne, der mir zu schaffen machte, es war nicht nur das Alter. Helen führte mich zu einer Bank im Schatten, sie war ja bei mir, die gute Helen. Sie tupfte mir den Schweiß von der Stirn, knöpfte mir das Hemd auf und hielt meine Hände. Wir ließen die anderen vorbeiziehen, die Wagen fuhren ab, es wurde ganz still.

Ich schloss die Augen, und da sah ich die Vitrine wieder vor mir, dort in unserem Wohnzimmer in der Bamberger Straße. Die Schmetterlinge bevölkerten mehrere Borde, geschützt durch die verglasten Türen. Bunt glänzend, die Flügel weit geöffnet, zeigten sie goldene Muster und silbrige Ränder, tiefblaue und orangefarbene Pracht. Einige hatten die Flügel zusammengefaltet und sahen aus wie kleine Zelte, auch sie geschmückt mit Kringeln, Linien, Punkten. Es kamen immer mehr dazu und meine Mutter reihte sie im Nähzimmer auf dem kleinen Sekretär aus dunklem Holz auf, jetzt sah ich sie alle wieder leuchten.

Mama hält mich auf dem Schoß und ich deute mit meinem kleinen dicken Zeigefinger auf diesen oder jenen und stoße ein verlangendes Medderling aus, denn richtig aussprechen konnte ich das Wort damals noch nicht. Sie nimmt das kleine Kunstwerk mit der rechten Hand, setzt es vorsichtig auf ihre linke und nennt seinen Namen. Rosenthal hießen sie und Ens, Manufaktur Ens, schwierige Namen für so ein kleines Kind, doch sie klingen bis heute nach. Ich zeige auf einen Fingerhut, auf den ein Schmetterling gemalt ist, Mama nimmt ihn und steckt ihn mir auf den Zeigefinger, er ist viel zu groß für mich, wir lachen. Heute wäre er viel zu klein. Aber wer sollte mir heute einen Fingerhut aufstecken?

Eine größere Porzellanfigur gab es auch, sie stand ganz oben auf dem Sekretär unter einer Glasglocke, ein Junge, der ein Hütchen und ein Bündel an einer Stange über der Schulter trug wie Hans im Glück und beide Arme ausstreckte nach dem blauen Falter, der vor seinen Füßen am Boden saß. Diese Figur nahm meine Mutter nicht in die Hand, sie war wohl zu wertvoll, sie deutete nur darauf und flüsterte mir ins Ohr: Er sieht aus wie du. Sie rückte ein wenig ab mit dem Stuhl und begann mich zu kitzeln. Das war die schönste Zeit.

Bist du okay?, fragte Helen, und ich nickte.

Lass uns nur noch ein wenig sitzenbleiben.

Die Schmetterlinge meiner Mutter vermehrten sich auf wundersame Weise, ich habe sie immer wieder gern betrachtet. Später in der Schule lernte ich dann: Pfauenauge, Schwalbenschwanz, Admiral. Ich verglich, entdeckte Ähnlichkeiten und Abweichungen. Mir fiel auf, dass die künstlichen Schmetterlinge keine Fühler besaßen, höchstens angemalte. Dann verlor ich das Interesse. Es kam die Zeit der Raufereien und des Fußballspielens auf den Bayrischen Platz, die Zeit der Freundschaften und Feindschaften, und dann die Zeit der Bücher.

Dann kam die Zeit der Scham. Ich musste die Schule wechseln, die Freunde aus der Nachbarschaft gingen an mir vorbei als kennten sie mich nicht, und ich kannte sie auch nicht mehr. Das Dienstmädchen kam nicht mehr, Margarete, die auf mich aufgepasst hatte, wenn die Eltern ausgegangen waren. In ihrem Zimmer wohnte jetzt ein altes Ehepaar, und meine Mutter staubte ihre Schmetterlinge selbst ab, putzte die Fenster und wischte den Boden auf. Die Nachbarn kamen abends nicht mehr zum Bridgespielen zu uns, die Freundinnen meiner Mutter kamen nicht mehr zum Abstecken der Säume und zum Anprobieren der neuen Hüte. Vom Visum war jetzt die Rede, von Transporten, Passagen, von England.

Helen hielt immer noch meine Hand, ich blinzelte in die Sonne, schloss die Augen wieder, räusperte mich und begann zu sprechen:

Damals vor der Ausreise … Meine Eltern …

Helen beugte sich näher zu mir: Erzähl nur, wir haben Zeit.

Meine Eltern wollten die Möbel und den ganzen Hausrat verkaufen, damals vor der Ausreise, um ein bisschen Geld beiseiteschaffen zu können.

Das ist sehr lange her, bemerkte Helen, daran musst du jetzt denken?

Lange her, ja. Und da kamen die Nachbarn, plötzlich waren sie alle wieder da. Sie gingen in unseren Zimmern herum und lamentierten: Ach, nun zieht ihr weg, habt ihr euch das auch gut überlegt? Abschätzig blickten sie die Anrichte an, die gepolsterten Stühle, den Sekretär, die schweren Gardinen. Gierig schauten sie in die Schubladen des Toilettentischs, aber da war kaum noch etwas, meine Mutter hatte einen Teil ihres Schmucks schon in Kleidersäume eingenäht. Die Nachbarn notierten Maße, nannten Preise, feilschten, die Wohnung leerte sich. Die Schmetterlinge – weißt du, meine Mutter hatte eine Sammlung von wertvollen Porzellan-Schmetterlingen, es waren bestimmt über hundert –, die hatte meine Mutter einzeln in Seidenpapier eingewickelt und in ausgepolsterten Zigarrenkästchen verwahrt. Ihre Freundin aus dem dritten Stock, Exfreundin nun, kam herunter und fragte danach, das war kurz vor meiner Abreise nach England mit dem Kindertransport, und meine Mutter klopfte mit dem Zeigefinger auf ein Kästchen und sagte: Alles lasse ich hier, alles – aber die nehme ich mit. Meine Eltern hatten ein Visum und eine Schiffspassage nach Chile ergattert, aber es war ungewiss, wann das Schiff auslaufen würde. Für mich gab es die Möglichkeit, schon vorher nach England zu fahren mit dem Zug, von dort wollten sie mich später nachkommen lassen.

Ich weiß, hörte ich Helen leise sagen, die Kindertransporte. Und was war dann weiter?

Die Frau tat sehr besorgt, sie wusste von einem Erlass, der es verbot, Wertsachen außer Landes zu bringen.

Wenn sie euch an der Grenze erwischen und zurückschicken? Du willst doch keine Schwierigkeiten mit der Polizei bekommen, sagte sie mit Blick auf die Kästchen, die auf unserem Esstisch aufgestapelt waren.

Nein, das wollte meine Mutter gewiss nicht, Schwierigkeiten gab es schon mehr als genug. Wo ihr hingeht, brauchst du die doch gar nicht, legte die Frau nach. Ich saß am anderen Ende des Tischs über meinen Englischvokabeln und sah, wie meine Mutter die Lippen zusammenpresste. – Und selbst wenn du sie über die Grenze bringst, im Koffer gehen sie doch kaputt, drängte die Frau. Meine Mutter schüttelte den Kopf. – Und wenn ihr in einen Sturm kommt und das Schiff untergeht … Ich kann sie doch aufheben für dich, bis ihr wiederkommt!

Und? hörte ich Helens leise Stimme dicht an meinem Ohr. Was geschah mit den Schmetterlingen?

Sie hat sie ihr geschenkt. Schließlich hat meine Mutter genickt und ihr die Kästchen zugeschoben. Sie hat nicht geweint.

Sicher wollte sie nicht, dass du sie weinen siehst und dir Sorgen um sie machst, bemerkte Helen. Ich atmete tief ein und wieder aus.

Ja, ich musste damals mit vielem klarkommen, vor allem mit dem Abschied, ich war ja erst neun. Dann die Pflegeeltern … Warten auf die Briefe … Dann keine Briefe mehr. An die Sache mit den Schmetterlingen habe ich nie mehr gedacht. Aber heute, heute habe ich sie wiedergesehen. Heute sind sie losgeflogen, auf und davon.

Wie schön, sagte Helen und drückte meine Hand, dann ist ja alles gut. Dann sind sie jetzt wieder bei ihr. Meinst du, wir können wir jetzt los?

Sie half mir ins Auto und fuhr mich zu dem Lokal, wo das Brautpaar und die Gäste schon fröhlich versammelt waren. Ich kam neben meinem Enkel zu sitzen und beim Essen erklärte er mir den hawaiianischen Brauch. Man diskutiere auch den Tierschutzaspekt, die wechselwarmen Tiere würden gekühlt gehalten und verschickt, seien dann starr und sozusagen gefühllos, erst kurz vor dem Freilassen würden sie erwärmt und damit fähig und motiviert zum Fliegen. Und da er ein schlauer Junge ist, wusste er auch, dass das griechische Wort für Schmetterling Psyche heißt und dass das Hauch, Atem, Seele bedeutet. Und die Leute glauben, fügte er hinzu, dass sich ein Wunsch erfüllt, wenn ein Schmetterling freigelassen wird.

Ich wünsche mir, dachte ich für mich, dass es stimmt, was Helen gesagt hat, dass sie jetzt wieder bei ihr sind.

Gypsy Queen

Königliche Gartenakademie heißt das Café – wie bin ich nur da hin geraten? Königlich ist es schon lange nicht mehr. Hier treffen sich nachmittags die Professorengattinnen, Professorenwitwen und -töchter der nahen Universität, dazu ein paar ältere Herren, die Zeitung lesen, mitunter auch die ein oder andere schicke Kreative mit Tablet oder Mopshund. Im Sommer sitzen sie draußen unter Sonnenschirmen zwischen gepflegten Beeten, Büschen und Kübelpflanzen, jetzt im Winter hier drinnen im ehemaligen Gewächshaus zwischen Glaswänden, umgeben von üppigem Grünpflanzengerank.

Draußen haut der Wind wässrige Schneeflocken gegen die Scheiben, deshalb bin ich hier gelandet, zum Aufwärmen, und weil ich mir so eine edle kleine Auszeit zwischen den Prüfungen auch einmal gönnen wollte. Es ist schön warm hier drinnen und ziemlich voll. Ich habe einen freien Platz an einem Dreiertisch gefunden, mir gegenüber schiebt sich ein älteres Paar üppige Tortenstücke in den Mund. Mein Tee kommt in einer großen weißen

Schale, ein winziges Gebäckstück auf dem Unterteller ersetzt mir die Torte. Dezente Klaviermusik von irgendwo her. Ich lasse den Blick schweifen.

Schräg gegenüber an einem kleinen runden Tisch sitzt eine junge Frau ganz allein. Sie hat ihren Parka nicht ausgezogen – warum nicht? Lange dunkle Haarsträhnen kräuseln sich über der Kapuze, auf dem olivfarbenen Stoff zeichnen sich dunkle Flecken ab, vom Schneeregen wahrscheinlich. Sie rührt in einer großen weißen Tasse, ihr Blick folgt der Bewegung des Löffels. Was will sie hier?

Gerade trägt ein neuer Gast den zweiten Stuhl von ihrem Tischchen weg, um sich anderswo niederzulassen. Aber Gesellschaft kann sie hier ja nicht gesucht haben. Jetzt, da der freie Stuhl entfernt ist, sehe ich unter dem Parka einen Rock hervorquellen, einen bodenlangen Rock mit Rüschen, rot und grün und schwarz, und sofort ordne ich sie zu: Das muss eine von den Roma oder Sinti sein, eine Zigeunerin, wie sie in den Einkaufsstraßen vor Geschäften und Bankfilialen hocken oder, Baby auf dem Arm, umhergehen mit einem Pappbecher in der Hand. Eine Bettlerin? Kennt sie die

Preise hier nicht? Das Paar mir gegenüber hat schon mehrmals die Köpfe zu ihr hingedreht und geflüstert. Bei uns gibt es keine Schilder am Eingang, die bestimmten Besuchergruppen den Zutritt verbieten, außer an Raucherkneipen, wo Jugendliche draußen bleiben müssen. Das ist hier nicht der Fall. Unsere Klassengesellschaft, denke ich, hier ist sie wie in einem Lehrfilm deutlich zu besichtigen. Genau wie ich hat die junge Frau weder Gesprächspartner noch technisches Gerät, mit dem sich der Mangel an einem Gegenüber kaschieren ließe. Da sie nicht herschaut, kann ich sie unauffällig mustern. Unter den Volants schaut jetzt ein nackter Fuß hervor. Sie trägt nur Flipflops – bei dem Wetter!

Wie ging das Lied? *Drei Zigeuner fand ich einmal / liegen an einer Weide …* Fast hätte ich die Melodie gesummt. Heine, oder Lenau? Jedenfalls Romantik. *Als mein Fuhrwerk mit mü-hü-der Qual / schlich durch die sandige Heide.* Und wie weiter? Das Lied hatten wir vor Jahren in der Musikschule geübt, im Gitarrenunterricht, ein paar simple Akkorde reichten aus, um es zu begleiten. *… boten trotzig und frei / Spott den Erdengeschicken.* Liegen rum, musizieren und rauchen, während die Kutsche an ihnen vorüberzieht. Am Ende schaut der bürgerliche Reisende bedauernd zurück, er wäre auch gern so ein Zigeuner gewesen, rein theoretisch natürlich nur.

Ich weiß, das Wort ist inzwischen verpönt, genau wie Neger, man ist empfindlich geworden, will ethnische Minderheiten durch solche als abwertend empfundenen Bezeichnungen nicht länger diskriminieren. Das ist ehrenwert, doch wem ist damit gedient, wenn man Schminke über die Schande streicht? Das Zigeunerlager fällt mir ein. Das befand sich nicht unter einer Weide, sondern hinter elektrisch geladenen Zäunen in Auschwitz-Birkenau. Mengeles Reich. Die Zwillingsversuche.

Zigeuner ist eigentlich ein schönes Wort, erinnert ans Umherziehen, an das freie Leben, und dunkel erinnere ich mich, dass die Silbe eu im Griechischen so etwas wie gut und richtig bedeutet, also mit wohlfühlen, mit Glück zu tun hat. Die glücklich Umherziehenden, Planwagen, von struppigen Pferden gezogen, Lagerfeuer. Pferdehändler waren sie, Scherenschleifer, Handleserinnen, Akrobaten ... Zigeunermusik, *Zigeunerjunge ... dam da da da da dam da da da ...* Die Platte hat meine Oma gern gehört. Gitanos, gitanes - mein Gehirn ist unversehens in den Brainstorming-Modus gewechselt und präsentiert mir eine Auswahl romantisierender Zuschreibungen: *Der Zigeunerbaron, Komm Zigan, spiel mir was vor, Where do you go my Gypsy Queen …*

Wenn der zweite Stuhl noch da gewesen wäre, hätte ich mich zu ihr setzen und sie ansprechen können, ihr die offene Handfläche reichen können, damit sie mir sagt, ob ich die Prüfung bestehe und was mich sonst noch erwartet im Leben. Jetzt umständlich hinzurücken mitsamt meinem Stuhl, das sähe gewollt aus. Sie haben ja auch ihre eigene Sprache, die keiner versteht. Und ich muss sowieso gleich los.

Jetzt tritt die Bedienung zu ihr hin, fragt etwas. Die Frau steht abrupt auf und beugt sich vor, dabei stößt sie den Stuhl nach hinten weg. Während sie, den Kopf zu mir hin wendend, mit dem Ärmel die Tasse vom Tisch fegt, begegnen sich unsere Blicke für den Bruchteil einer Sekunde. Die Tasse schlägt unten auf und kullert ein Stück weit in den schmalen Durchgang zwischen den Tischen, auf den hellen Fliesen bildet sich eine dunkle Lache. Sie hat nicht einmal ausgetrunken. Während die Bedienung erschrocken einen Schritt zurückweicht, läuft die Frau an ihr vorbei Richtung Ausgang.

Halt!

Mehrere Gäste drehen die Köpfe, unterbrechen ihre Gespräche. Einen Moment lang ist nur das Schlappen der Flipflops zu hören. Die Bedienung setzt sich in Bewegung, will hinterher. Ich springe auf, halte sie an der Schürze fest.

Bitte, lassen Sie – ich zahle das.

Den Kaffee?

Ja, ja.

Okay, aber … Sie schaut nervös zum Ausgang hin, wo die Fliehende bereits verschwunden ist.

Schnell hole ich den Geldbeutel heraus, strecke ihr einen Zehner hin – Stimmt so – und setze mich wieder hin. Der Stuhl wird aufgestellt, die Tasse weggebracht, ein junger Mann mit Wischmopp erscheint und säubert die Fliesen. Die Gespräche werden wieder aufgenommen. Es ist ja nichts passiert, nichts kaputtgegangen, die Zeche ist bezahlt. Mir ist heiß, ich trinke rasch aus. Gypsy Queen? Von wegen Königin, murmle ich. Die beiden von gegenüber schauen mich entgeistert an.

Ja aber, stößt die Frau schließlich hervor, das

war doch jetzt Absicht, oder?

Sie bekommen es nicht auf die Reihe, was sich da gerade angespielt hat. Ich auch nicht. Von wegen trotzig und frei. Und doch … Was ist hier gerade passiert?

Die erste Freundin

Sie war alleine aufgewachsen, ohne Geschwister, Nachbarskinder, Kindergarten. In diesen ersten Jahren wusste sie nicht, dass ihr etwas fehlte. Nur wer verliert, was er hatte, spürt den Verlust sofort, sie bemerkte den Mangel erst viel später.

Damals, als die Sommer noch lang und heiß und blau waren, hatte sie, im April endlich eingeschult, bald ihre erste Freundin. Nicht Ute war es, die kleine Dürre aus der Gärtnerei, obwohl die ihr fast täglich ein Himbeerbonbon anbot, das sie nahm, ohne sich weiter um Ute zu kümmern. Nicht Irmtraud, die das R noch nicht aussprechen konnte und die überdies mit ihrer Mutter allein wohnte, was irgendwie unheimlich war. Christa mit dem blonden Zopf, die aufrecht in der Bank vor ihr saß, war es noch nicht. Es war Mariana. Die war vielleicht schon ein bisschen älter, hatte raue Hände und trug ihr dunkles Haar offen, es kräuselte sich um ihr Gesicht und den Rücken hinunter. Mariana fasste sie fest an beim Spielen in der Pause, auch ihre Stimme war rau, vielleicht ein bisschen tiefer als die der anderen Mädchen, auf alle Fälle lauter. Die laute Stimme war ihr, die ihre eigene leise Stimme selten hören ließ, angenehm. Die ganze Mariana war ihr angenehm, sie schenkte nichts und verlangte nichts und saß in der Klasse irgendwo ganz hinten.

Wie es kam, dass sie Mariana eines Tages nach der Schule mit nach Hause nahm, weiß sie nicht mehr. Sie waren einfach Hand in Hand den Berg hinaufgelaufen, sie wohnte ja oben und ziemlich weit weg von der Schule. Der Tisch war schon gedeckt, wie immer, und die Mutter fragte Mariana nach ihrem Namen und wo sie wohnte. Ein Stuhl wurde herangerückt, stolz saß sie neben Mariana. Sie hatte eine Freundin mitgebracht, zum ersten Mal. Aber jetzt wollte sie nur schnell fertig werden mit dem Essen und mit ihr nach draußen gehen, ihr den Garten zeigen, die Katze, die Hasenställe und den Taubenschlag.

Der Vater ging wieder weg zur Arbeit und sie sprangen im Garten umher und rupften Löwenzahnblätter, die sie den Hasen durchs Drahtgitter steckten. Mariana bestaunte das kleine Geschirr, das sie aus der Puppenküche holte. Sie kochten Grassuppe, buddelten Katzenwürste aus dem

Sandkasten und brieten sie über einem nicht vorhandenen Feuer. Mariana hatte gelacht und geredet, laut und rau, es war lustig, es war ihr sehr angenehm.

Die Mutter musste sie mehrmals rufen, Hausaufgaben machen! Dann saß die Mutter mit am Tisch und sagte gar nichts. Ob Mariana nicht nach Haus müsse, fragte sie schließlich, sie fragte mehrmals, aber zum Glück musste Mariana noch lange nicht nach Hause. Sie spielten dann drinnen weiter und es war, als sei keine Zeit vergangen, als der Vater schon wiederkam von der Arbeit und der Tisch gedeckt werden musste fürs Abendbrot.

Er wurde aber an dem Tag nicht gedeckt. Der Vater forderte Mariana auf, nach Hause zu gehen, die Eltern würden doch sicher schon die ganze Zeit auf sie warten. Sie standen um den nicht gedeckten Tisch herum, Vater, Mutter, Mariana und sie selbst, bis die Mutter sich aus der Erstarrung löste, Mariana den Schulranzen reichte und sie ein bisschen anschob, sodass die sich in Bewegung setzte, zur Tür hinaus.

Du kannst ja morgen wiederkommen, rief sie ihr nach. Bis morgen!

Vom Fenster aus sah sie, wie Mariana den Berg hinunterhüpfte, wie der Ranzen und die krausen Haare auf ihrem Rücken auf und ab tanzten. Jetzt erst spürte sie, dass sie ganz rote Backen hatte, und Hunger hatte sie auch.

Gleich nach dem Abendbrot nahm der Vater sie zwischen seine Knie.

Die bringst du aber nicht mehr mit.

Sie erschrak, denn sie wusste gleich, wen er meinte, fragte aber trotzdem:

Wie, wieso, wen?

Na du weißt schon.

Mariana? Aber sie –

Der Vater nickte ernst. Sie drehte sich zur Mutter hin, die noch nicht aufgestanden war zum Abräumen.

Die wohnt im Lager, sagte die Mutter. Die wollte ja gar nicht mehr gehen, halt dich bloß fern von der. Die haben doch Läuse!

Die Mutter hatte nur gesprochen, nur den Mund hatte sie bewegt, doch sie zuckte zusammen, als hätte sie die Hand erhoben, um sie zu schlagen. Der Vater schob sie weg und stand auf.

Hast du gehört? Die ist aus dem Lager, sagte er

von oben her, die bringst du nicht mehr mit, ist das klar? Im Weggehen wandte er den Kopf:

Das ist Pack, was da im Lager wohnt.

Pack ist das, echote die Mutter, das hässliche Wort knallte ihr ins Ohr und sie senkte den Kopf. Mariana hat Läuse, mein Gott, und ich habe es nicht gemerkt.

Nach diesem Tag gibt es keine Erinnerung mehr an Mariana. Sie hatte wohl nicht mehr mit ihr gesprochen, die rauen Hände nicht mehr angefasst, Mariana gemieden. Die saß ja zum Glück ganz hinten und kam bald gar nicht mehr in die Schule. Gleichzeitig spürte sie, obwohl sie das damals noch nicht denken konnte: Die haben etwas kaputt gemacht. Etwas Schönes.

Muschi

Zum neuen Haus gehörte die Muschi, schwarz-weiß-rot gefleckt. Dass das eine Glückskatze war, wusste sie damals noch nicht. Muschi lebte von Wurstabschnitten, die der Metzger umsonst gab, und den Mäusen und Vögeln, die sie draußen fing. Muschi bekam Junge, einmal konnte sie sogar dabei zusehen. Sie saß vor dem Pappkarton und sah ein schleimiges pralles Säckchen hinten herausrutschen, sah und hörte, wie Muschi schmatzend die Hülle fraß und das Kleine, klein wie eine Maus, ableckte und dabei schnurrte.

Zwei, drei oder auch vier verschieden gezeichnete Kätzchen bearbeiteten mit ihren rosa Füßchen Muschis Bauch. Schnell röteten sich die kleinen Schnauzen. Sie taten, was der Bruder getan hatte an den Brüsten der Mutter, doch hier empfand sie keinen Neid, denen gönnte sie es ohne Vorbehalt. Sie hockte davor und hatte keinen Wunsch offen, solange das ging.

Es währte nie lange. Bald streifte Muschi wieder umher, sie rief ihre Kinder, doch die kamen nicht. Die harten Zitzen schlackerten unten an ihrem

Bauch hin und her. Wohin waren die Kleinen verschwunden? Sie konnten doch noch gar nicht laufen. Sie kriegt ja wieder welche, wimmelte die Mutter ihre Fragen ab. Sie hatte den Vater im Verdacht, dann vergaß sie die Sache, Muschi war ja noch da und schien alles auch schnell vergessen zu haben.

Einmal las ihr Emilie ein Gedicht vor, das fing so an: *Und das Kätzchen hat gestohlen und das Kätzchen wird ertränkt. Nachbars Peter sollst du holen, dass er es im Teich versenkt.* Das wollte sie immer wieder hören, bald konnte sie es auswendig aufsagen. *Ja wir müssen alle sterben, Großmama ging uns vorauf. Und du wirst den Himmel erben, klopfe nur, sie macht dir auf.* Sie sah die Kleinen von Muschi mit ihren haarfeinen Krallen an einer dicken Holztür kratzen, ganz weit oben im Himmel, fast musste sie weinen, und Emilie war auch traurig, sie war ja die Großmama und musste vorangehen.

Aber du würdest ihr aufmachen, vergewisserte sie sich und Emilie nickte. Dass die Sache im Gedicht schließlich gut ausging, dass die Katze und der Junge gerettet werden und die Mutter ihm sogar Tee ans Bett bringt – na ja, wie Märchen so enden, das tröstete sie ein wenig.

Sie grübelte: Waren die Kleinen ertränkt worden im Teich? Das nächste Mal würde sie besser aufpassen. Das nächste Mal, als Muschi den dicken Bauch hatte, war die Rede davon, dass man ein Junges behalten würde. Sie horchte auf. Ja, die Frau Sowieso, eine Kollegin des Vaters, würde eins abnehmen.

Eins nur?

Ja was glaubst du denn, wie viel Viecher wir hier durchfüttern können!

Vielleicht bekommt sie diesmal nur eins, hoffte sie.

Aber sie bekam wieder mehrere. Und am Sonntag nach dem Essen befahl der Vater: Such dir eins aus.

Sie griff das Schwarze, hielt es in der rechten Hand und deckte die linke darüber. Es war ganz warm und kitzelte. Schnell sammelte der Vater die anderen von Muschis Bauch ab und verschwand mit ihnen im Keller. Er wird sie ertränken, sie wusste es und stand wie gelähmt. Im Waschtrog wird er sie ertränken. Sie setzte das fiepende Schwarze zu Muschi zurück und hockte sich vor die Kiste. Der Vater kam schon wieder hoch, er wusch sich die Hände in der Küche am Spülstein. Sie schauderte, weil er ein Mörder war.

Als die Eltern sich, weil Sonntag war, oben zum Mittagsschlaf hingelegt hatten und sie den Kinderfunk im Radio hören sollte, dachte sie daran, hinunterzugehen in den Keller und nachzuschauen, was geschehen war, ob es Spuren gab. Aber sie ging nur bis zur Kellertür, drehte dann um, hockte sich wieder vor das Radio und hörte nichts.

Erst nach einer weiteren Katzengeburt, als die Jungen wieder verschwunden waren, schlich sie sich hinunter. In der Waschküche, wo manchmal ein Huhn und an Weihnachten die Gans eingesperrt und dann geschlachtet wurde, sah sie ein paar dunkle Spritzer auf den Betonboden. Also nicht ertränkt, geschlachtet hat er sie. Schnell zog sie sich zurück, verlor kein Wort darüber, behielt das Bittere für sich.

Dann blieb Muschi aus, zwei oder drei Tage war sie schon nicht mehr aufgetaucht. Es war ein heißer Sommer. Emilie zog mit ihr los, um Muschi zu suchen. Sie gingen die bekannten Wege ab, liefen im Zickzack über die Wiesen, dann durch den Hohlweg hinauf bis zur Landstraße, über die Straße gingen sie und den Wiesenhang weiter hoch bis zum Wald.

Kurz vorm Waldrand fanden sie Muschi im Gras. Es schwirrten so viele Mücken über der Stelle. Das buntgescheckte Fell war aufgerissen, Schmeißfliegen saßen auf den Wunden, direkt auf dem Fleisch. Sie schafften es, sie hochzuheben. Sie war schwerer geworden und ganz steif. Da sie nichts dabei hatten, trug sie sie in ihrem geschürzten Rock nach Hause, über die Landstraße, den Hohlweg hinunter, bis ins Wohnzimmer trug sie sie. Und auf dem ganzen langen Weg bergab begriff sie nicht, was geschehen war, nur dass sie Muschi wiederhatte, und das war gut.

Im Wohnzimmer waren wegen der Mittagshitze die Fensterläden geschlossen, nur schmale Lichtstreifen fielen durch die Ritzen, als sie da stand und mit beiden Fäusten die Rockzipfel festhielt. Das ganze Zimmer war seltsam gestreift und die Mutter schrie laut auf, schrie Emilie an, böse, eine Katastrophe. Die steife Muschi verschwand in einem Pappkarton, weg war sie. Alle waren plötzlich fort, sie stand allein im Zimmer und erst jetzt begriff sie: Muschi ist tot. So ist es, wenn man tot ist: Wunden, Fliegen, Gestank. Nie mehr wird sie schnurren, nie mehr Junge bekommen. Und ich werde nie mehr lachen, schwor sie sich, und hielt es einige Tage lang durch.

Und seltsam: Der Vater, der Kätzchenmörder, brachte bald darauf ein neues Katzenjunges mit. In die Zeitung eingerollt übergab er es ihr. Die Mutter maulte zwar, aber das Kleine blieb und wurde ihr Bettgenosse für lange Zeit.

Weinbergschnecken

Schneckenschleim bleibt an der Seele kleben, sie ist dann nicht mehr schön. Stell dir vor, es ist Mai, die Bäume haben ausgeschlagen und es könnte Maikäfer geben. Wenn es Maikäfer gibt, werden sie vom Baum geschüttelt, aufgesammelt und in einer Pappschachtel mit Luftlöchern im Deckel nach Hause getragen. Zu Hause weißt du dann nicht, was du mit ihnen anfangen sollst, öffnest den Deckel und fasst mutig hinein. Du spürst die kratzigen Füßchen eines Käfers am Zeigefinger, dann siehst du zu, wie er die braunen Flügel aufklappt und wegfliegt mit Gebrumm.

Die kleine Familie macht sich also an einem Maisonntag auf zu dem großen Eichbaum oben am Waldrand, wo es erfahrungsgemäß in manchen Jahren Maikäfer gibt. Sie gehen den steilen Hohlweg hoch, in den Furchen der Fuhrwerke, zu beiden Seiten wuchert feuchtes Gras und Kraut. Die Eltern laufen voraus, die beiden Kinder tappen hinterher. Sie trägt die Schuhschachtel, mit einem spitzen Bleistift hat sie Löcher in den Deckel gebohrt und darauf geachtet, dass sie groß genug sind, um genügend Luft hineinzulassen, aber nicht so groß, dass ein Käfer herausschlüpfen könnte.

Es sind viele Schnecken unterwegs, große und kleine, dunkelrote und bleiche, manche tragen ihr Haus auf dem Rücken, andere haben kein Haus. Die Schnecken ziehen träge dahin und sie achtet darauf, keine zu zertreten. Der Vater, sonst schweigsam, spricht zur Mutter hin, da sie hinter ihm geht, versteht sie nicht alles. Frankreich versteht sie, Schnecken gegessen. Sie holt auf und schiebt sich zwischen Vater und Mutter:

Schnecken kann man essen?

Ja, die hier, die Weinbergschnecken.

Wirklich?

Dafür bezahlen die in Frankreich viel Geld.

Unerhört, soll sie das glauben? Aber der Vater war in Frankreich im Krieg, er muss es wissen.

Hast du dort Schnecken gegessen?

Ich doch nicht.

Er war ja kein Offizier, wirft die Mutter ein, er war ja nur Gefreiter. Die kamen nicht in die teuren Restaurants.

Und die roten, werden die auch gegessen?

Nein, die roten doch nicht. Diese da.

Der Vater bückt sich und hebt eine dicke bleiche Schnecke an ihrem Häuschen hoch. Schnell zieht sie die Fühler ein, der glänzende Körper schnurrt zusammen, nur noch das Haus ist zu sehen. Er wirft es mit Schwung ins Gebüsch.

Warum die roten nicht?, will sie wissen.

Keine Antwort.

Und die hellen da sind teuer?

Ja.

Sie sind jetzt auf der Landstraße angekommen, gehen im Gänsemarsch am Rand. Bald beginnt links der Wald, sie steuern auf die Eiche zu. Die Eltern rütteln ein bisschen an den unteren Zweigen. Keine Maikäfer, nicht einer. Es hat zu viel geregnet die letzten Tage. Oder es ist kein gutes Jahr. Gut wofür? Die Pappschachtel bleibt leer.

Auf dem Rückweg hält sie den Blick zu Boden gerichtet, sie versucht, die Schnecken zu zählen. Nur die mit dem Haus auf dem Rücken, die großen bleichen. Die fetten roten und die kleinen mit den gelb-braun geringelten Häuschen zählt sie nicht mit. Zu Hause nimmt sie den Bruder beiseite:

Du, hast du gehört, man bekommt Geld für die Schnecken. Machst du mit?

Wo mit?

Er ist drei Jahre jünger, kapiert noch nicht alles.

Wir gehen die Schnecken einsammeln und verkaufen sie dann. Es sind doch ganz viele da. Wir verkaufen die! Morgen gehen wir raus und holen sie. Aber nichts verraten. Dann können wir das Geld für uns behalten. Halbe-halbe.

Sie legt einen Finger an den Mund, er nickt brav. Zuvor muss sie aber die Mutter überreden, damit sie allein mit dem Bruder losgehen darf. Überreden liegt ihr nicht, aber diesmal muss es sein. Sie könnte sagen, dass sie Hasenfutter holen muss, fällt ihr ein, und dass sie den Kleinen mitnehmen will, damit er lernt, was für die Hasen gut ist und was nicht. Die Mutter ist unschlüssig, sie hat die Kinder lieber im Blick. Aber heute hat sie zu putzen, da sind sie im Weg. Schließlich erlaubt sie es:

Aber nur bis zum Hohlweg hoch, nicht auf die Straße. In einer halben Stunde seid ihr wieder da. Auf keinen Fall bis zur Straße.

Nein, bestimmt nicht.

Gern hätte sie die Schuhschachtel mitgenommen,

aber das wäre aufgefallen. Stattdessen nimmt sie einen Einkaufsbeutel aus der Speisekammer und rollt ihn in den Sack für das Hasenfutter ein, den sie sich unter den Arm klemmt. Der Kleine bekommt ein Strickjäckchen übergezogen und zockelt mit, es geht immer bergauf. Nach der Kurve kann sie die Mutter, die ihnen sicher nachschaut, nicht mehr sehen, da legt sie Tempo zu. Schnell erreichen sie den Hohlweg. Der Boden ist noch feucht. Es gibt Schnecken und sie beginnen sie einzusammeln. Vorsichtig setzt sie sie tief hinunter in den Beutel.

Pass doch auf, ermahnt sie den Kleinen, jetzt bist du auf eine draufgetreten. Wir brauchen sie heil.

Zuerst schlenkert der Beutel gegen ihre Beine, dann wird er schwerer, beult sich aus, er ist schon halb voll. Sie nimmt einen krummen Stock auf und wühlt damit im Gebüsch herum, schlägt Brennnesseln beiseite.

Da! Da zwei! Dort ist noch eine!

Der Kleine bringt Schnecken an, am ausgestreckten Arm trägt er sie stolz vor sich her. Der Beutel füllt sich, er ist schon ganz schwer. Schon so viele! Kühle, klebrige Schneckenleiber versuchen herauszukriechen, berühren ihre Hand, sie stößt sie zurück, hält den Beutel zu und drückt ein bisschen mit der Hand darauf. Sicher ist die halbe Stunde schon um. Sie laufen den Hohlweg zurück, den Berg hinunter. Kurz vor dem Haus bleibt sie stehen und knotet die beiden Griffe des Beutels fest zusammen. Es knackt ein bisschen.

Sie läuft am Haus vorbei, strebt auf die Weißdornbüsche weiter unten am Weg zu, der Kleine zögert, dann folgt er ihr. Unter den Büschen würden sie bestimmt noch mehr Schnecken finden. Aber sie haben ja schon genug. Wohin jetzt damit? Wo verkauft man die? Wer kauft die nun? Frankreich? Der Beutel hat an einigen Stellen hässliche Flecken bekommen, der Stoff fühlt sich schleimig an, und im Innern regt es sich ein bisschen. Sie steht da und schaudert. In die Stille hinein sagt der Kleine:

Und wo tun wir die jetzt hin?

Vorsichtig setzt sie den Beutel ab. Ihr Kopf ist ganz heiß. Sie bückt sich und schiebt den Packen unter einen Busch.

Verkaufen wir sie nicht gleich?

Quatsch, zischt sie und nestelt an den schmierigen Griffen herum, um den Knoten zu lösen. Eine Gänsehaut läuft ihr die Arme hinauf, sammelt sich im Rücken. Der viele Schleim, die zersplitterten Häuschen. Mit einem Fuß schiebt sie den Beutel noch weiter ins Gewirr der Zweige.

Komm!

Sie nimmt den Kleinen bei der Hand und zieht ihn auf die andere Wegseite. Am Rand rupft sie eilig Unkraut ab, sie achtet nicht darauf, was den Hasen schmeckt und was nicht, stopft alles in den Futtersack, viel ist es nicht. Dann zieht sie den Bruder, der sich bockig wehrt, hinter sich her nach oben, zum Haus. Am Rücken zwischen den Schulterblättern ist ihr eiskalt. Dabei ist doch Mai, Maikäferzeit.

Du erzählst nichts, zischt sie dem Kleinen zu. Wir haben nur Futter gesucht. Schwör's, Finger auf den Mund!

Die Mutter ist noch am Putzen, der Futtersack wird nicht kontrolliert. Der Kleine erzählt nichts von der Schneckenjagd. Aber noch tagelang spürt sie den kalten Schauder im Rücken, wenn sie auf dem Weg zur Schule und auf dem Rückweg an der Stelle vorüber muss, wo sie den Beutel versteckt hat. Sie schaut da nicht mehr hin.

Herr Wolf

Als Herr Wolf spät in der Nacht das Buch beiseitegelegt und die Lampe ausgeschaltet hatte, sprang die Katze auf seine Betthälfte, bestieg seine Hüfte und ließ sich dort nieder. Er genoss das gewohnte Gewicht und die vom Schnurren hervorgerufene Vibration und wiegte die Hüfte leicht hin und her, was die Katze mochte und ihm beim Einschlafen half. Bald stellte sich ein Dämmerzustand ein, da vernahm er einen Knall. Die Katze bewegte sich nicht von der Stelle und Herr Wolf hielt die Augen geschlossen, denn gerade tauchte das Gesicht der kleinen dicken Luise vor ihm auf, die geblähten Backen, wenn sie eine Papiertüte aufblies, um sie dann mit der einen Hand zu verschließen und mit der anderen zum Platzen zu bringen, dicht an seinem Ohr.

Ich bin der Jäger, strahlte sie, und du bist der Wolf. Piff paff puff!

Beim ersten Mal erschrak er, später tat er nur so, als würde er erschrecken.

Nicht nur Luise hatte während der lange zurückliegenden Schulzeit diese Schrecksekunde öfter erzeugt, eine Zeit lang war es Mode gewesen, einander auf diese Weise herauszufordern. Einmal hatte ein Mitschüler, der Harald oder Hartmut hieß, während der Mathematikstunde im Rücken des Lehrers seine Brottüte zum Platzen gebracht, und dieser Lehrer hatte sich im Umdrehen zu Boden geworfen und war hinter dem Pult verschwunden. Einen Moment lang war es ganz still in der Klasse, aber als der Kopf des Lehrers wie in Zeitlupe hinter dem Pult auftauchte, brachen alle in Lachen aus. Wie war das weitergegangen? Erst Knall, dann Schweigen, dann Lachen – und dann?

Er suchte in der Erinnerung, driftete ab Richtung Schlaf – da gab es wieder einen Knall, gefolgt von einem Geräusch, wie wenn jemand Geschirr zertrümmert und die Scherben auf einen gefliesten Boden fallen. Diesmal sprang die Katze vom Bett, Herr Wolf öffnete die Augen, sah nichts und schloss sie wieder.

Nach dem Vorfall mit dem Lehrer hatte Luisa nie mehr eine Tüte platzen lassen. Er konnte das damals nicht verstehen. Er holte Kaugummikugeln aus dem Automaten und gab ihr welche ab. Man konnte damit Blasen machen und wetteifern, wem die größere gelang. Wenn sie platzten, gab es nur ein leises Plopp. Einmal hatte er Luise einen Kuss auf eine der dicken Backen gedrückt, einen nassen Kinderkuss. Sie war nicht böse geworden, nicht erschrocken, sie hatte gelächelt und ihm die Hände auf die Schultern gelegt, aber er hatte sich nicht getraut, nun auch die andere Backe zu küssen. Oder gar den Mund, aus dem die Kaugummiblasen gekommen waren.

Dann war sie mit ihrer Familie weggezogen in die Stadt. Jahre später, als er dort aufs Gymnasium ging, sah er sie wieder. Sie stand hinter der Theke in einer Bäckerei, offenbar war sie frühzeitig von der Schule abgegangen. Beide waren größer geworden, er mehr, sie weniger, aber ihr Gesicht war noch dasselbe. Sie erkannte ihn auch gleich wieder.

Na Wolf, sagte sie, was darfs sein?

Wie alle damals in der Schule nannte sie ihn bei seinem Nachnamen. Er deutete auf ein belegtes Brötchen, sie nahm es aus der Vitrine, reichte ihm die Tüte, kassierte und wandte sich dem nächsten Kunden zu.

Schönen Tag noch.

Ja, dir auch. – Jetzt hat sie Brottüten im Überfluss, dachte er. Danach hatte es ihn noch ein paar Mal zu diesem Laden hingezogen, immer in der Hoffnung, sie dort alleine anzutreffen. Vorher hatte er überlegt, was er sagen würde, etwas Nettes, Unverbindliches, bloß nicht gleich damit anfangen, was er wirklich wollte. Aber sie war nicht mehr da gewesen. Worüber hätte er sich mit ihr, einer Bäckereiverkäuferin, auch unterhalten können? Vergiss es, Wolf, das sind doch Kindereien.

Ein paar Jahre später, er studierte schon in einer anderen Stadt und war nur zu Besuch bei den Eltern, kam sie ihm in der Fußgängerzone entgegen. Sie trug eine Wassermelone unter dem einen Arm und eine Großpackung Klopapier in der anderen Hand, ihr Bauch war gewölbt, wie die Melone, wie die Backen, sie war hochschwanger. So ging sie dicht an ihm vorbei, ohne dass ihre Blicke sich trafen. Er sprach sie nicht an. Zwar stoppte er kurz, kehrte aber nicht um. Er genierte sich, vielleicht war es wegen dem Klopapier, wegen dem dicken Bauch? Was hätte er sagen sollen?

Du bist der Jäger, ich bin der Wolf, das hätte er sagen können, um anzuknüpfen an etwas, das sie einmal verbunden hatte, aber es war ihm damals nicht eingefallen.

Bald darauf hatte er die Frau geheiratet, deren Betthälfte jetzt leer war, wo Luise hätte liegen können seit dreißig Jahren. Dann hätte er die Katze nicht gebraucht.

Wo war die überhaupt? Herr Wolf setzte sich auf und horchte. Was war das vorhin für ein Geräusch gewesen? Ein Knall und dann noch mal ein Knall und dann das Scheppern? War bei ihm eingebrochen worden? Ach was, wahrscheinlich hatte er das nur geträumt. Besser nicht das Licht anschalten, lieber wieder unter die Decke schlüpfen, ganz ruhig, und weiter an Luise denken, die jetzt auch schon über fünfzig ist, wenn sie überhaupt noch lebt.

Das kann doch gar nicht sein, dass sie nicht mehr lebt, dachte er. Irgendwo geht sie herum mit ihren Enkeln, und wenn sie Kaugummis dicht an ihren Ohren zerplatzen lässt, tun sie so, als ob sie erschrecken würden, sie kennen das ja, sie lachen der Oma ins Gesicht und drücken ihr nasse Küsse auf die Backen. Er wäre gern dabei gewesen.

Ein schwacher Trost

Ende Oktober. Sie läuft am See vorbei, die Trauerweiden sind noch grün, dann den Hohlweg hoch Richtung Wald. Hier war sie lange nicht mehr. Die meisten Bäume tragen schütteres braunes Laub, einige haben voreilig alle Blätter abgeworfen und stehen als dunkle Skelette da, nur die Birken leuchten noch gelb. Im Gehen fährt sie mit einer Hand über die hoch stehenden Brennnesseln am Wegrand und spürt nichts. Sie brennen nicht mehr. Eine Brombeerhecke ist in den Weg gewachsen. Sie schiebt den rechten Jackenärmel hoch und streift mit dem angewinkelten Unterarm an den dornigen Zweigen entlang. Als ihr zwei Spaziergänger entgegenkommen, lässt sie den Arm sinken und zieht den Ärmel wieder herunter. Weh tut es nicht, es kribbelt nur, bald hat sie es vergessen.

Zu Hause nimmt sie die wenigen Stacheln ab, die in der Haut stecken geblieben sind. Nur den größten hält sie zwischen Daumen und Zeigefinger fest und drückt ihn sich noch einmal ins Fleisch. Das brennt nun doch. Wie bei den Spielen, bei denen sie sich gegenseitig wehgetan hatten, nur so zum Spaß.

Ich bin dran!

Nein ich!

Du warst gestern zuerst dran. Jetzt zuerst ich. Komm schon, mach den Ärmel hoch.

Der Bruder umfasste ihren Unterarm fest mit seinen Händen, die ein wenig größer waren als ihre, und begann, in beide Richtungen zu drehen. So wie wenn man ein nasses Tuch auswringt oder einen Waschlappen. Gemeinsam zählten sie, bis sie es nicht mehr aushielt und Halt! schrie. Dann umgekehrt. Dieses Spiel hieß Die Brennnessel.

Es gab noch andere, eins davon waren die Kämpfe mit echten Brennnesseln im Sommer. Sie nahmen ein Taschentuch, fassten einen Stängel an und brachen ihn ab oder rissen ihn aus, dann begann der Kampf. Die Regel war, nur gegen die nackten Beine des Gegners zu schlagen. Wer weglief, hatte verloren.

Ein anderes Spiel hieß Der Hubschrauber. Er legte sich auf den Rücken und zog die Beine an. Sie ließ sich mit dem Bauch auf seinen Fußsohlen nieder, dann stemmte er sie langsam hoch und ließ sie schweben. Sie durfte allerdings nicht zappeln, aber

Schwimmbewegungen konnte sie machen da oben in der luftigen Höhe, oder mit den Armen kreisen und brummen dabei. Das Brummen ging in Lachen über, die Landung konnte sanft oder ruppig sein.

Noch einmal!

Jetzt ich!

Nein, du bist mir zu schwer.

Versuchs.

Dann komm, ich versuchs.

Ein anderes Spiel war eine Wette. Das hatten sie aber nur einmal gespielt.

Du gibst deinen Handrücken und ich streiche immerzu mit dem Zeigefinger darüber – so. Wie lange hältst du das aus?

Ha, das halt ich lange aus.

Wenn du es fünf Minuten aushältst, hast du gewonnen.

Hier, schau auf die Uhr.

Achtung - es geht los.

Sie hielt ihm ihre Hand hin und er begann, mit dem Zeigefinger über die immer gleiche Stelle zu reiben. Gar nicht fest, schien ihr, aber schon nach ganz kurzer Zeit fing es an wehzutun. Sie biss die

Zähne zusammen. Noch keine Minute war um, da war die obere Hautschicht schon weggerieben, es brannte, sie sah die rote Stelle, riss die Hand weg. Verloren!

Das heilt doch schnell wieder. – Sein schiefes Grinsen.

Du bist gemein!

Dann war der Bruder nicht mehr da. Wieso nicht? Den hat der liebe Gott geholt, sagte die Großmutter. Sie war damals noch klein, aber sie wusste schon, was das bedeutet. Trotzdem hat sie die Mutter immer wieder gefragt: Wo ist er denn jetzt? Wann kommt er denn wieder? Die hat den Kopf geschüttelt und geweint. Wie gut, dass wir dich noch haben, hat der Vater gesagt.

Zeit ist vergangen. Die Trauerweiden sind noch grün. Die Brennnesseln sind müde geworden. Die Stacheln sind ein schwacher Trost.

Frau und Hund

Nach zwei Urlaubswochen, die ich allein an einem windigen Ostseestrand verbracht hatte, trat ich meinen Dienst an der Rezeption wieder an und war gerade dabei, mich im System zu orientieren und um abreisende Gäste zu kümmern. Während die erste Rechnung aus dem Drucker glitt und ich gleichzeitig einen Anruf entgegennahm, sah ich, wie eine Frau durch die Drehtür trat und ohne zu zögern die Halle durchquerte: eine junge Frau mit hellblauen Haaren, ein kleiner Dutt saß oben auf dem Kopf, die übrigen Strähnen umwehten ihre Schultern. Sie ging vornübergebeugt, als wäre ein Sturm hinter ihr her. Langer schwarzen Mantel, auf dem Rücken ein kleiner, prall gefüllter Rucksack. Was mich aber am meisten wunderte, war der große schwarze Hund, der an ihrer Seite trabte, leichtfüßig wie ein Wolf und gleichauf mit ihr. Ob der angeleint war, weiß ich nicht.

Schon waren sie am Desk vorbei, wandten sich aber nicht zu den Sitzgruppen gegenüber, wo Gäste auf Besucher warten, einen Drink zu sich nehmen, die Zeitung durchblättern, sondern bogen vor den Aufzügen abrupt nach links ab und verschwanden in dem Gang, wo die Toiletten sind. Gegenüber befindet sich unser Sozialraum, weiter hinten geht es zu dem Treppenhaus, das nur von den Bediensteten und als Fluchtweg genutzt wird. Diesen Gang kann ich von meinem Platz aus nicht einsehen.

Ich überlegte, ob gerade Gäste mit Hund eingecheckt waren, denn das ist bei uns möglich, gegen Aufpreis natürlich. Wir sind nicht das erste Haus am Platz, aber doch ein renommiertes Vier-Sterne-Hotel, stylish nennen sie es in der Werbung, Worthülsen, klar, aber wenn man länger hier arbeitet, denkt man halt auch so.

Das war wohl eine von der Straße, die dringend zur Toilette musste und an unserem Sicherheitspersonal vorbeigewitscht war, das sich im Eingangsbereich aufhält. Aufhalten sollte. Ungewöhnlich war das schon. Die ausgreifenden Schritte, die blauen Haare, der Rucksack, die Dynamik von Hund und Frau. Was macht sie nun mit dem Riesenvieh auf dem Klo? War das überhaupt ein Hund?

Ich konnte nicht weiter darüber nachdenken,

weil sich gerade eine chinesische Delegation zum Auschecken näherte, ein Dutzend Leute, die sich um ihren Führer scharten, dann aber sollte jeder einzeln seine Rechnung erstellt bekommen und bezahlen. Das dauerte seine Zeit. Während ich damit zugange war, behielt ich die Ecke im Auge – die Frau kam nicht wieder zurück. Eine Escort-Dame, die sich ein Herr aufs Zimmer bestellt hat? Auch das kam vor, aber doch nicht zu der Tageszeit, acht Uhr morgens. Und warum nahm sie dann den Hund mit?

Inzwischen war meine Kollegin eingetroffen, und als wir mit den Chinesen fertig waren, erzählte ich ihr von meiner Beobachtung.

Ein Hund?, wunderte sie sich, wie groß?

Ein Riesenköter, versicherte ich, ging ihr bis zur Hüfte. Na ja, bis zum Oberschenkel bestimmt. Ganz schwarz war der.

Ungläubig wiegte sie den Kopf hin und her.

Ich sag drinnen Bescheid. – Gleich kam sie wieder heraus:

Frau Hopf meint, vielleicht war es kein Hund, sondern ein Rollkoffer, wir sollen mal warten, bis sie wieder zurückkommt. Und sie dann höflich ansprechen, vielleicht ist sie hier verabredet und sucht jemanden.

Dann hätte sie doch gefragt, meinte ich, oder sich in die Halle gesetzt und gewartet. Wir sind zwar angewiesen, unseren Platz nicht zu verlassen, und gerade näherte sich eine Familie mit zwei Kleinkindern und brüllendem Baby, aber ich war nun doch unruhig und signalisierte meiner Kollegin, dass ich mich kurz mal entfernen würde.

Ich lief in den Toilettengang, zögerte kurz vor den beiden Türen, betrat dann die Damentoilette, keiner da, keine Kabine besetzt. In die Herrentoilette warf ich nur einen kurzen Blick, auch hier schien niemand zu sein. Durch das hintere Treppenhaus stieg ich hinauf bis zum obersten Stock. Außer dem Reinigungspersonal sah ich niemanden in den Fluren. Was machst du da überhaupt, sagte ich mir und fuhr mit dem Lift wieder hinunter in die Halle. Der Hund müsste doch mal bellen, dachte ich, und so ein großer Hund bellt laut. Das war doch kein Rollkoffer!

Die Videokamera fiel mir ein. Ja genau, der Eingang wird doch überwacht. Schaute da überhaupt jemand mit? Wurden die Aufnahmen gespeichert? Nun arbeite ich schon drei Jahre hier und weiß das nicht. Wieder ein Blick zu der Ecke, um die sie verschwunden war. Geduld. Die Gästeliste checken. Es gab eine Buchung mit Hund, ein Ehepaar, das sollte aber erst morgen ankommen. Jetzt muss aber etwas geschehen! Ich telefonierte ins Büro, die Praktikantin gab mich weiter an Frau Hopf, ich verlangte den Manager.

Wegen dem blauen Hund?, lästerte sie, was haben Sie denn in Ihrem Urlaub gemacht?

Ich - wieso?

Ach, ist doch Quatsch. Halluzinationen sind das.

Sagen Sie bitte Herrn Heinzinger Bescheid, insistierte ich, da ist jemand im Haus, der, also die –

Nun gut, wenn Sie das beruhigt.

Tatsächlich kam Herr Heinzinger ein paar Minuten später zu mir heraus.

Probleme?

Ich gab ihm eine Kurzfassung meiner Beobachtungen, wies auch auf den Rucksack hin, man weiß ja heutzutage nie ...

Sind Sie sicher? Ich gebe es weiter ans Personal. Wir checken gleich das Video.

Danke. – Ich versah routiniert weiter meinen Dienst, wenn auch der Lage entsprechend etwas unkonzentriert. Oh Schreck, die Dachterrasse, fiel mir plötzlich ein, so weit war ich gar nicht hinaufgestiegen. Ob die offen war so früh am Morgen, bei dem Wetter? Frau Hopf mochte ich nicht mehr anrufen nach ihrer Bemerkung über den blauen Hund. Ich lief zum Eingang, wo ich den Security-Mann unter dem Vordach ausmachte. Ob die Dachterrasse zugänglich sei.

Wollen Sie sich sonnen oder was? Er deutete mit dem Kinn in den Nieselregen hinaus. Hab ich heute Morgen gecheckt, müsste offen sein.

In der Mittagspause fuhr ich mit dem Lift hoch zur Dachterrasse. Leichter Regen, frischer Wind. Alle Tische, Sessel und Liegestühle waren unter ihren Schutzhüllen verwahrt, die Sonnenschirme schon abmontiert. Ein banger Blick über die Brüstung zeigte keinerlei besonderen Vorkommnisse unten auf der Straße. Auf dem Weg zum Personalraum fiel mir ein, dass Frau Hopf gleichzeitig Mittag macht, deshalb verließ ich das Haus und setzte mich in das Café gegenüber, von meinem Fensterplatz aus konnte ich den Eingang gut im Auge behalten.

Die Gedanken an die Frau in Schwarz und den zu großen Hund verließen mich nicht. Sie könnten sich im Keller versteckt haben, in den Wirtschaftsräumen. Aber was geht mich das eigentlich an? Kann ja sein, dass ich spinne, dass es tatsächlich kein Hund war. Sah aber aus wie ein Hund, eher wie ein Wolf – gibt es schwarze Wölfe? Meine Pause reichte gerade noch, um im Keller nachzufragen. Schulterzucken, Kopfschütteln, Grinsen, nein, man hatte niemanden bemerkt. Sicher hatte man sie schon informiert, dass eine durchgedrehte Rezeptionistin im Haus herumgeistert und allen auf die Nerven geht mit ihren Fantastereien.

Nach einer unruhigen Nacht näherte ich mich meinem Arbeitsplatz mit Herzklopfen. Aber das Hotel war nicht in die Luft geflogen, keine rotweißen Absperrbänder, Streifenwagen, Feuerwehren, keine Schaulustigen. Nur langweiliger Alltag, auch drinnen, die Sache vom Vortag wurde nicht mehr erwähnt.

Auch in der nächsten Nacht tigerte ich in der Wohnung umher. Vergiss es, sagte ich mir immer wieder, doch es gelang mir nicht. Etwas in mir war in Aufruhr, suchte nach einer Lösung und schließlich fand ich sie. Eine Frau mit blauen Haaren würde ich nicht auftreiben können, wohl aber einen schwarzen Hund! Ihn würde ich ins Hotel locken, er würde durch die Halle laufen, man würde die Polizei rufen, ihn einfangen, die lokale Presse wäre zur Stelle, Frau Hopf würde sich bei mir entschuldigen müssen, Herr Heinzinger auch. Ich wäre rehabilitiert. Ein fieser Plan, gewiss, doch als ich ihn klar vor Augen hatte, schlief ich endlich ein.

Drei Tage später, an meinem ersten freien Tag, fuhr ich hinaus zum Tierheim und ließ mir die Hunde zeigen. Da sprangen sie in ihren Drahtverschlägen herum, die Sitzengelassenen, Ausgesetzten, Aussortierten, und kläfften, was das Zeug hält. Eine Tierheimfrau führte mich an den Käfigen entlang. Ich hielt Ausschau nach einem großen schwarzen Hund – und ja, da war einer! Als ich stehenblieb, rüttelte er noch heftiger am Gitter als zuvor und zeigte mir seine Reißzähne, Schaum vorm Mund. Der wäre genau der Richtige für meinen Plan. Aber die Frau zog mich weiter. Der sei nicht vermittelbar, rief sie, viel zu gefährlich, nichts mehr zu machen. Wider Erwarten atmete ich auf.

In einem weiteren Gang mit den gleichen tristen Drahtverschlägen ging ich plötzlich in die Knie und legte beide Hände ans Gitter, denn da saß einer, der nicht kläffte, der nur betrübt schaute, der längst alle Hoffnung aufgegeben hatte. Sofort war mir klar: Den will ich! Den schicke ich aber nicht durch die Halle, den will ich für mich.

Ich erfuhr, dass es gar nicht so einfach ist, hier einen Hund zu bekommen. Man muss viele Fragen beantworten nach den Wohnverhältnissen, dem Familienstand, früherer Hundeerfahrung, Arbeitszeiten. Ich log, was das Zeug hält, und während ich noch log, sah ich mich auf dem Sofa kuscheln mit dem Hund. Es würde ihm an nichts fehlen, ich würde ihn ausführen vor und nach der Arbeit, einen Hundesitter engagieren, lange Spaziergänge machen an den freien Tagen, Ostseeurlaube im Hundehotel …

Am Ende war es kein großer schwarzer, sondern dieser eher kleine, traurige Hund mit dem graubraunen Lockenfell, eine Mischung aus wer weiß was, der schüchternste von allen. Leider durfte ich ihn nicht gleich mitnehmen, aber ich habe ihn an der Leine herumgeführt und er schien einverstanden zu sein mit mir. Die Tierheimfrau meinte auch, dass es passen könnte.

Ich werde also wiederkommen, die Gebühr bezahlen, den Vertrag unterzeichnen, mit meinem Hund nach Hause laufen, leichtfüßig wie ein Wolf, wir beide immer gleichauf. – Oder?

Blaugraues Gefieder

Ich sage euch nicht, wer es ist, in den ich mich verliebt habe – ich sage euch, wie er ist:

Er ist die Ruhe selbst, stundenlang steht er aufrecht da und bewegt sich nicht. Dann, wenn du schon denkst, er wäre ausgestopft, dreht er den Kopf blitzschnell zur Seite und zeigt sein unverwechselbares Profil. Das mag durchaus nicht jedermann gefallen, manche mögen es für exzentrisch halten, manche gar für hässlich, aber mich entzückt es jedes Mal aufs Neue. Aus klugen, runden Augen schaut er mich unverwandt an, dunkle Pupillen inmitten eines hellen Rings. Ab und zu, da mag durchaus viel Zeit vergehen, senkt er kurz ein blassblaues Augenlid, danach das zweite, und klappt beide sogleich wieder hoch. Er ist etwas kleiner als ich, aber das stört mich nicht. Er sagt nichts, und auch ich habe ihm nichts zu sagen. Es genügt, dass er da ist.

Ich stehe dicht vor dem niedrigen Gatter, hinter dem ein Zaun sich erhebt, ganz entspannt, in Liebe zugewandt, und warte auf den Moment, da er den mächtigen Schnabel öffnet. Das würde mir, mehr noch als die Bewegung des Kopfes oder der Lider, zeigen, dass er mich wahrnimmt. Während ich warte, bewundere ich sein graublau schimmerndes Gewand. Er hält es schön in Ordnung, dazu wird er sich äußerst geschickt seines riesigen Schnabels bedienen, nehme ich an. Brust, Bauch, Rücken, die Seiten, auch die hellen Flaumfedern, die unter den Schwingen hervorschauen – alles ist sehr gepflegt und lädt zum Streicheln ein. Hinten am Kopf trägt er einen kecken kleinen Federbusch, den er, je nach Laune, anlegen oder aufstellen kann. Er steht barfuß da, mich stört das nicht, ich bewundere seine langen schlanken Beine, die wie trockene Stöckchen wirken, und die schmalen, doch kräftigen Füße mit den vier langen Zehen, die in kräftigen Krallen enden.

Solange er nicht wegläuft, weiß ich, dass er meine Nähe duldet, zumindest bin ich ihm nicht lästig. Jetzt öffnet er den Schnabel, der vorne einen kleinen gefährlichen Haken hat, und klappt ihn geräuschvoll wieder zu. Wir stehen noch eine Weile einfach da. Als er sich abwendet und entfernt, vorsichtig einen Fuß hebend und vorsichtig wieder aufsetzend, dann den anderen, kann ich auch das ertragen. Es schmerzt nur wenig. Ich weiß, er hat jetzt Wichtigeres zu tun drüben beim Wasser, dem Rinnsal, das sein kleines Reich durchfließt, da mische ich mich nicht ein. Er wirft keinen Blick zurück, während ich ihm nachsehe.

Ein seltsamer Vogel muss das sein, sagt ihr, und ich nicke vielsagend. – Du bist ihm doch völlig gleichgültig, sagt ihr, und ich nicke bestätigend. – Aber du hast gerade behauptet, dass du ihn liebst? Beziehung kann man das doch nicht nennen, und Liebe schon gar nicht! Diese Einwände kenne ich, sie berühren mich nicht, denn sie folgen einer Logik, die ich – zumindest in diesem einen, speziellen Fall – nicht nachvollziehen kann.

Ich habe mich getrennt, ich habe mich verbunden. Eine gute Stunde, bevor ich ihn entdeckte, war ich aufgestanden vom Frühstückstisch, den der Mann reichlich gedeckt hatte, während ich noch schlief, habe meine Tasche gepackt und bin zur Tür hinaus. Der Mann ist mir gefolgt, die Treppe hinunter und über die Straße, wo mein Auto stand. Er atmete schwer hinter mir, gern hätte ich ihn getröstet, aber mein Mund war trocken und mein Kopf war leer. Seinen Griff um meinen

Oberarm schüttelte ich nicht ab. Ich blieb stehen, räusperte mich und sagte: Ich schreib dir, ich ruf dich an. Was immer das für ihn bedeuten mochte, eine neue Hoffnung, ein billiger Trost. Sein Bleib-doch-noch ging unter im ratternden Geräusch einer Straßenbahn.

Ich schüttelte den Kopf, schon saß ich am Steuer, ließ den Motor an, ließ die Scheibe nicht mehr herunter. Es war gemein, immerhin hatten wir zwei Jahre lang eine Fernbeziehung unterhalten, aber alles war schon gesagt. Auch in dieser Nacht war alles noch einmal gesagt worden und zu keinem guten Ende gekommen. Das Paar war in seine zwei Teile zerfallen, ein leidlich funktionierendes Ganzes war an der Sollbruchstelle ermüdet und schließlich zerbrochen, Reparatur nicht mehr möglich. So mächtig ich dem Mann in diesem Moment erschienen sein muss, so haltlos und leer war ich tatsächlich, so müde und klein.

Warum ich dann, keine Stunde später, zum Vogelpark abgebogen bin, kann ich nicht sagen. An diesem Vogelpark, für den Schilder am Rand der Autobahn warben, war ich immer vorbeigefahren bei den Wochenendtrips zu ihm. Vielleicht wollte ich nun, da ich die Strecke zum letzten Mal fuhr, noch mitnehmen, was am Weg lag. Oder ich wollte Wesen sehen, die mich nicht am Oberarm griffen, mit denen ich nicht reden, denen ich nichts erklären musste. Ich zahlte den Eintritt, nahm den Lageplan zur Hand und suchte zielstrebig die Eulen auf, Ohreule, Schneeeule, Schleiereule. Bei den Tieren der Weisheit erhoffte ich Trost. Aber am hellen Morgen hatten sie sich in ihre Schlafboxen zurückgezogen, es gab dort für mich nichts zu sehen.

Ich lief weiter und plötzlich sah ich ihn und wusste, ich brauche die Weisheit nicht an diesem Tag. Ich brauche auch die lauten Papageien und die bunten Paradiesvögel nicht, weder Emu noch Kolibri, denn hier bin ich richtig, bin ich angekommen. Auf dem Wiesenstück, das mein Geliebter bewohnte, konnte ich keinen anderen Vogel ausmachen, er schien dort ganz allein zu leben. Lange stand ich davor. Es gab keine Bank und die wenigen Besucher, die an diesem Vormittag vorbeikamen, verweilten nicht, es war ja nichts los hier. So blieben wir unter uns.

Nachdem er lange drüben am Bach reglos zwischen den hohen Gräsern gestanden hatte, stieß er seinen schönen Schnabel plötzlich ins Wasser, wobei er seine Flügel weit ausbreitete, um die Gewichtsverlagerung geschickt auszubalancieren. Riesige Flügel – kann er denn fliegen damit oder haben sie ihm die Schwungfedern entfernt? Ein Bündel Pflanzen hing ihm aus dem Schnabel, er ließ es fallen, tauchte noch einmal ein und richtete sich wieder auf. Diesmal legte er den Kopf in den Nacken, er schien zu trinken. Langsam, unendlich langsam drehte er sich zu mir um, verharrte so eine Weile und machte dann ein paar Schritte auf mich zu. Er kam nicht bis zum Zaun. Stand nur da, mitten auf der Wiese, die Ruhe selbst. Kurz spürte ich den Impuls, über das niedrige Gatter zu klettern und den Maschendrahtzaun zu überwinden, was durchaus möglich gewesen wäre, entschied mich aber dagegen. So vertraut waren wir uns nicht, dass ich es hätte wagen können, bei ihm einzudringen, ohne ihn zu vertreiben. Meine Liebe zu ihm überwand Gatter und Zaun mit Leichtigkeit und das musste genügen.

Projektion, sagt ihr, und schüttelt den Kopf. Lächerlich, sagt ihr. Ja, sage ich, er bringt mich zum Lächeln. Wer hätte das gedacht an diesem Tag, der so kläglich begonnen hat. Jetzt fühle ich mich nicht mehr elend. Alles ist gut.

Ich will mich noch ein bisschen im Park umsehen, durchquere das Amazonas-Haus, eine riesige Voliere, und genieße die Wärme. Doch gleich zieht es mich wieder zurück zu seinem Gehege, diesem Wiesengrundstück mit dem kleinen Bach im Hintergrund und der Holzhütte an der Seite, in die er sich bei Regen zurückziehen kann. Ja, da steht er noch, mit dem Rücken zu mir, die Augen auf das Wasser gerichtet. Ich trete an den Zaun und hebe die Hand, ein kleiner Abschiedsgruß. Dann steure auf den Ausgang an.

Dort, an einem Kartenständer, gibt es ein Bild von meinem Schatz, das nehme ich gleich heraus und gehe zur Kasse. Aber oh – da ist ja noch ein ebensolcher Vogel auf dem Bild, unscharf im Hintergrund, ein zweiter, mit geöffnetem Schnabel. Gibt es denn zwei? Oder gab es früher einmal zwei? Die Farben auf der Karte sind ziemlich verblasst, sie scheint schon älter zu sein. Soll ich die Frau im Kassenhäuschen fragen? Nein. Selbst wenn sie mir Auskunft geben könnte, ich lasse es lieber in der Schwebe.

Zu Hause gibt es Lexika, es gibt das Internet. Ich kann jederzeit nachschlagen und mehr über ihn erfahren. Sicher werde ich das später einmal tun. Heute nicht. Was bringt es mir zu wissen, wo er herkommt, welcher Art er angehört, was über seine Ernährungsgewohnheiten bekannt ist, sein Balz- und Brutverhalten? Ich sitze am Tisch und schaue sein Bild an, den mächtigen Schnabel, die klugen Augen, das blaugraue Gefieder, und lasse den Zauber auf mich wirken.

Zeit ist vergangen. Abu Markub nennt man ihn dort, wo er herkommt, Vater des Schuhs. Vom Oberlauf des Nils kommt er, aus den Papyruswäldern, von den Seeroseninseln. Lungenfische mag er am liebsten, die gibt es im Vogelpark nicht. So weit man bisher weiß, hat er weder lebende noch fossile Verwandte. Auch in Freiheit lebt er allein. Die Karte mit seinem Bild habe ich gerahmt, sie hängt nun hier an der Wand. Im Halbprofil erkenne ich die schön geschwungene Linie, die beide Schnabelhälften bilden, es sieht aus, als lächele er mir zu. Dem Mann habe ich geschrieben, ich sei neu verliebt, und er hat mir mitgeteilt, dass er zu seiner Frau zurückgekehrt ist und sie es noch einmal miteinander versuchen wollen. Er ruft nicht mehr an.

Vom Scheitern

Lange habe ich überlegt, wie ich diesen Bericht nennen soll. Die guten Titel, so schien mir, waren alle schon vergeben. Indem ich an den *Landarzt* und an Büchners *Lenz* dachte, wollte ich offenbar das Erlebte in einem größeren Zusammenhang aufgehoben wissen, um mich damit nicht so allein zu fühlen. Doch solche Anspielungen lenken ja nur ab, und schließlich entschied ich mich für Klartext.

Etwa um zehn Uhr morgens, so der Obduktionsbericht, war bei meinem Klienten der Tod eingetreten. Außer einem gebrochenen Rückgrat infolge des Sturzes hatte er Schnittwunden an beiden Handgelenken, die Rasierklinge, mit der er sich diese zugefügt hatte, wurde von der Polizei sichergestellt, ein Fremdverschulden wurde ausgeschlossen. Wie Lenz war er hinaufgestiegen ins Gebirg, genauer gesagt ins Brockenmassiv, das ist hier in unserer Gegend die einzige ernst zu nehmende Erhebung. Es war im März, der Frühling hatte gerade begonnen und er, mein Klient, war im Lenz seines Lebens, zwanzig Jahre alt. Seinen Vater hatte er nie kennengelernt, wie dieser war er in

Mexiko geboren, wo seine Mutter damals bei einer deutschen Firma beschäftigt war. Sie kehrte mit dem Dreijährigen nach Deutschland zurück, wo er später eingeschult wurde. Seine Mitschüler riefen ihm „Hey Indio" zu, was er gelassen hinnahm. Ein regelrechtes Mobbing, die Pest unserer Tage bei jungen Leuten, lag aber nicht vor, das konnte ich abklären.

Um meine Überlegungen zum Titel der Geschichte abzuschließen: Ich bin ein Landarzt nur in dem Sinn, als ich in einem Dorf in der Nähe einer Universitätsstadt eine kleine psychotherapeutische Praxis unterhalte. Ich muss nicht nachts hinaus wie Kafkas armer Doktor, ich gleite nach vielen Jahren intensiv gelebter Klinik- und Lehrtätigkeit mit den wenigen Klienten, die mich im Wintergartenzimmer meines Hauses aufsuchen, gemächlich hinüber in den Ruhestand.

Der junge Klient, von dem ich hier berichten möchte, schien übrigens von allen, die ich während meines langen Berufslebens kennenlernte, der normalste zu sein. Ein freundlich-zurückhaltender junger Mann, mittelgroß, dunkelblond, mit angenehmen Zügen, unauffällig gekleidet, ohne Ticks und Macken, gesprächsbereit und zugewandt, so schien es mir. Er war mir allerdings wegen Suizidgefahr vorgestellt worden. Zum Vorgespräch kam er in Begleitung seiner Mutter, und auch zwischen den beiden schien mir ein Verhältnis vorzuliegen, das von Zuneigung und Offenheit geprägt war, frei von neurotischer Problematik. Die Mutter berichtete, ihr Sohn, der vor Kurzem sein Abitur bestanden habe und Schauspieler werden wolle, äußere ihr gegenüber wiederholt Selbstmordabsichten. Das könne doch nicht sein, sie lächelte, das könne man doch nicht einfach überhören.

Reden Sie mal mit ihm, bat sie.

Er warf der Mutter einen schnellen Blick zu, dann mir, der ich den beiden gegenübersaß, und kehrte, wie um das Dreieck zu vollenden, zu sich zurück, er blickte nach innen, nickte und bestätigte so, was als Anlass der Konsultation genannt worden war. Wir vereinbarten die üblichen Probesitzungen und danach bewilligte seine Krankenkasse dreißig Stunden tiefenpsychologisch fundierter Gesprächstherapie.

Der junge Mann erschien zweimal die Woche, jetzt natürlich ohne die Mutter. Nur einmal sagte er wegen einer Theaterprobe ab. Er war Mitglied der Jugendtruppe des städtischen Theaters. Freimütig beantwortete er meine Fragen, bereitwillig übernahm er die ihm zugewiesenen Rollen, wenn wir eine Szene aus seinem Alltag oder seiner Vergangenheit durchspielten. Offensichtlich war da ein mimisches Talent vorhanden, das sich aber nicht in den Vordergrund drängte, das eher verhalten aufschien, wie eine dezente Ankündigung lebhafterer Szenen.

Ich befragte ihn zu seinem Tageslauf, den Erfahrungen in der Schule, der Übersiedlung nach Deutschland als Dreijähriger, den frühesten Erinnerungen, forschte nach Drogenkonsum, Computerspielen, ließ mir Träume berichten, versuchte also nach allen Regeln unserer Kunst, einen Zugang zu dem geheimen Raum hinter der Fassade zu eröffnen und muss gestehen, dass mir dies nicht gelang. In den vergangenen schlaflosen Nächten habe ich wieder und wieder meine Aufzeichnungen durchgesehen. Aber da war nichts. Genau wie damals, als er zu mir kam, spürte ich deutlich den Widerspruch zwischen meinem Eindruck – das ist ein ganz normaler junger Mann, der leichtfertig

Suizidgedanken geäußert hat, wahrscheinlich wollte er sich interessant machen, mehr Beachtung erhalten – und der vielfach bestätigten Lehrmeinung, dass jede Suizidäußerung, auch die leichtfertig oder im Spaß getane, grundsätzlich ernst genommen werden muss. Sehr ernst zu nehmen ist sie, wenn der Betreffende sich bereits über die Methode Gedanken gemacht oder gar schon Mittel beschafft hat, die er zu diesem Zweck verwenden will.

Ob er diese Stufe bereits erreicht hatte, war aus den Äußerungen meines Klienten zunächst nicht zu erkennen. Ich fürchtete schon, das Thema, das ihn zu mir geführt hatte, könnte zu einem Tabu zwischen uns werden. Also fragte ich eines Tages direkt nach, ob er wisse, welche Methoden Menschen, die sich umbringen wollten, anwendeten. Freundlich lächelnd beschrieb er mir das Erschießen als Methode der Wahl für die Mutigen, man müsse allerdings eine geeignete Waffe besitzen und handhaben können. Das Erhängen stoße ihn ab, da es demütigend sei und ihn an Hinrichtungen erinnere. Ob ich mal in Plötzensee gewesen wäre, fragte er. Sich selbst zu verbrennen sei sehr schmerzhaft, während Ertränken und Vergiften sehr unsichere Methoden seien.

Nun, was bleibt dann noch übrig?, fragte ich. Stürzen und ausbluten, erwiderte er prompt. Ich ließ es mir genauer schildern, in der Absicht, durch das In-Worte-Fassen die Faszination zu zerstören, die solche Vorstellungen bei ihm offenbar hervorriefen. Beim Sturz sei die Fallhöhe wichtig, meinte er, und dass man nicht Gefahr laufe, jemandem vor die Füße zu fallen. Der sei dann wahrscheinlich lebenslang traumatisiert, das müsse ja nicht sein. Aus dem gleichen Grund dürfe man sich auch nicht auf die Gleise legen oder vor einen Zug werfen. Ausbluten, fügte er eifrig hinzu, gelinge am besten, wenn man sich die Halsschlagader durchschnitte, in einem Film habe er das einmal gesehen, den Mut dazu hätten aber die wenigsten. An den Handgelenken dürfe man nicht quer zur Ader schneiden, erklärte er, sondern immer senkrecht, mit der Ader. Ob er denn zur Selbstverletzung neige, fragte ich. Nein, nein, versicherte er, streifte die Ärmel hoch und zeigte lächelnd seine beiden völlig intakten Handgelenke samt der Unterarme vor.

Statt mich zu beruhigen, machte mich diese Geste wütend. Ich sprang auf und rief ihm zu, dass ich es geschmacklos fände, wie ein Metzger an sich herumzuschneiden. Er öffnete den Mund zu einem großen O und sah ungläubig zu mir hoch. Ich entschuldigte mich sogleich für meine Entgleisung und versuchte, das Gespräch in unverfänglichere Bahnen zu lenken. Zurück zum Vater, dem fehlenden, zur Mutter, der besorgten, zu Freunden und Freundinnen, wie er seine Pubertät erlebt habe, ob ihn andere Menschen überhaupt interessierten und wenn ja, wer und warum. Er antwortete bereitwillig, wenn auch sichtlich gelangweilt, verabschiedete sich freundlich und kam zum nächsten Termin, als sei nichts geschehen.

Doch, etwas hatte sich verändert. Ich spürte jetzt einen Druck, eine dringende Erwartung von seiner Seite, und mein normalster Klient, auf dessen Stunde ich mich bisher immer gefreut hatte, wurde mir zur Belastung. Nach Abschluss dieser Therapie, überlegte ich, würde ich keine neue mehr beginnen, es war an der Zeit, dies alles Jüngeren zu überlassen. Aber diese eine Behandlung wollte ich noch zum Abschluss bringen, und zwar erfolgreich. Als er von sich aus das Thema der Tötungsarten wieder ansprach, indem er anfing, sich über ein Internet-Forum lustig zu machen, in dem über die Methode Holzkohlengrill im geschlossenen Raum debattiert wurde, ging ich nicht darauf ein.

Mehr als auf meine Bemühungen setzte ich meine Hoffnung dann auf das Schreiben einer renommierten Berliner Schauspielschule, in dem er zum Vorsprechen eingeladen wurde. Vorausgesetzt, er würde angenommen, und die Chancen standen, wie ich fand, nicht schlecht, würde er mit einer solchen konkreten Perspektive vor Augen seine Fantasien der Selbstauslöschung vergessen und sich ins Leben wagen. Ihn dabei zu stärken, sah ich nunmehr als meine Aufgabe in den wenigen verbleibenden Stunden. Sie verliefen wie die ersten, ohne wahrnehmbare emotionale Erschütterung, also unfruchtbar. Ihn noch einmal zu provozieren, wagte ich nicht. In einer letzten Sitzung nach seinem Vorsprechtermin wollte ich die Sache zum Abschluss bringen.

Diese letzte Sitzung fand dann nicht statt, höchstens in dem Sinne, dass ich an seiner Beerdigung teilnahm, und ein Abschluss war dies keineswegs. Die Mutter hatte mich telefonisch informiert, sie wirkte gefasst, ein Vorwurf war nicht herauszuhören. Ich stand etwas abseits von der Trauergemeinde, die zum großen Teil aus jungen Leuten bestand. Der Erwartungsdruck, den ich in seiner Anwesenheit gespürt hatte, war nicht verschwunden, war sogar stärker geworden. Ich wollte mich der Mutter zuwenden, mich dem Vorwurf, den sie insgeheim bestimmt gegen mich in sich trug, aussetzen. Aber ich schaffte es nicht, ich stand wie gelähmt. Ein Schneegestöber setzte ein, obwohl es schon März war. Still ging ich weg. Ein Landarzt, der in die offene Wunde geschaut und nichts gesehen hatte.

Er hatte sich oben auf dem noch verschneiten Brocken, zu dem er mit dem Auto seiner Mutter am Morgen hinaufgefahren war, anstatt nach Berlin zu seinem Vorsprechtermin, die Pulsadern aufgeschnitten und sich dann den felsigen Abhang hinuntergestürzt, niemandem vor die Füße. Nur der räudige zahme Fuchs, der sich seit Jahren dort oben herumtreibt, konnte das beobachtet haben, der schnüffelte an dem am Rand der Klippe abgestellten Rucksack meines Klienten und verzog sich rasch, als Spaziergänger sich näherten und in die Tiefe sahen. So stand es in der Zeitung. Einen Abschiedsbrief gab es nicht.

Indem ich das aufschreibe, erkenne ich, wer ich bin: ein ratloser alter Mann, der glaubte, in menschliche Seelen blicken zu können, und dabei gescheitert ist.

Waldsterben

Vor vier Jahren habe ich meine Mutter beerdigt, ganz fremd war mir das Sterben nicht. Jetzt also Oma Else. Sie war sehr alt und ich wusste, es musste halt sein.

Ich kümmerte mich bereits seit zwei Jahren um sie, sie hatte sonst keinen mehr und ich war bei ihr aufgewachsen, meine Mutter war ja immer unterwegs gewesen. Um keinen Preis wollte Oma Else in ein Heim. Als sie mit dem Haushalt nicht mehr zurechtkam, konnte ich sie zu einem späten Umzug in eine kleinere Wohnung überreden, im Erdgeschoss des Mietshauses, in dem ich unterm Dach mit meinem Freund Salim in einer Zweier-WG lebte, da war sie schon fünfundneunzig. In diese Wohnung kam nur noch das Nötigste mit: ihr Bett, ihr Schreibtisch, ein paar Regale. Und sehr viele Bücher, obwohl sie da auch ausgemistet hatte und mich mehrere Kartons mit einem Pappschild „Bitte mitnehmen" auf den Bürgersteig hinausstellen ließ.

Ich schaute zweimal am Tag bei ihr vorbei, als sie kaum noch gehen konnte, gab dem Kater sein

Futter und machte das Katzenklo sauber. Frau Sokolic, die auch schon früher für sie geputzt hatte, kam zweimal die Woche, fegte, wischte, warf die Waschmaschine an und kaufte ein. Gekocht hat meine Großmutter noch selbst, wenn man das überhaupt kochen nennen kann, sie aß ja fast nichts. Nur Käsebrot, Marmeladenbrot, ein bisschen Obst, Gemüsebrühe. Anfangs hielt ich mich nicht lange bei ihr auf, später blieb ich nachmittags oder abends eine Stunde bei ihr, am Schluss noch länger.

Als sie bettlägerig wurde, gab sie mir bei meinen Besuchen an, welche Bücher ich im Regal suchen und in ihrer Reichweite beim Bett aufstellen sollte. Ob sie noch viel gelesen hat, weiß ich gar nicht, sie ließ sich jetzt gern vorlesen, dämmerte dabei aber schnell weg. Zusammen mit ihrer Hausärztin, die alle zwei Wochen vorbeischaute, hatte sie eine Patientenverfügung verfasst. Organe wollte sie nicht spenden. Sollte sie nicht mehr bei Bewusstsein sein, wünschte sie keine lebenserhaltenden Maßnahmen. Für den Fall, dass sie sich nicht mehr äußern könne, sollte ich für sie entscheiden. Das alles drückte sie mir schwarz auf weiß in die Hand, geredet wurde nicht darüber. Okay, dachte ich, wenn sie also aus eigener Kraft nicht mehr leben kann, wird sie sterben. Das kann noch dauern, das kann auch schon bald sein. Krank war sie ja nicht, nur sehr schwach, und es kam mir vor, als würde sie schrumpfen wie ein Apfel, den man im Schrank vergessen hat.

Doch dann kam sie mit dieser seltsamen Idee:

Ich will im Wald sterben.

Ich versicherte ihr, sie komme nicht ins Heim und auch nicht ins Krankenhaus, wenn sie das nicht wolle, das sei doch längst abgesprochen, das sei doch geklärt.

Ich will im Wald sterben, wiederholte sie, nicht im Bett.

Wie stellst du dir das denn vor?, wehrte ich erschrocken ab. Man kann sich nicht aussuchen, wo man stirbt, weder wo noch wann, fügte ich altklug hinzu.

Doch, sie würde das fühlen, meinte sie, und wenn es kein überraschender Tod wäre, im Schlaf oder durch Herzschlag, was sie nicht glaube, dann müsse ich sie vorher in den Wald bringen.

Und wenn es Winter ist?

Egal, dann ziehst du dich eben warm an. Lass es dir durch den Kopf gehen, danach versprichst du es mir.

Ein paar Tage später zeigte sie mir das Wasser in den Beinen. Die waren vorher nur Haut und Knochen und jetzt seltsam angeschwollen bis über die Knie. Eine Delle, die sie mit dem Daumen hineindrückte, brauchte lange, bis sie wieder verschwunden war.

Bring mich in den Wald, wenn es so weit ist, drängte sie. Du hast doch ein Auto.

Ich versuchte mir das vorzustellen, es ging nicht.

Wenn du tatsächlich am Sterben bist, dann wirst du nicht mehr rausgehen können zum Auto, du wirst nicht mal mehr im Auto sitzen können.

Ich erschrak über das, was ich gerade gesagt hatte, es klang wie eine Drohung. Sie zeigte sich unbeeindruckt:

Ach was, dann tragt ihr mich eben. So schwer bin ich doch gar nicht.

Ein Leichtgewicht war sie, selbst mit dem Wasser in den Beinen, das sicher bald höher steigen würde.

Nimm deinen Freund mit, den Mediziner, ihr braucht ja dann einen Totenschein. Du hast doch den Freund, den Iraner.

Oma, der studiert Medizin, der ist noch kein Arzt.

Hinterher bringt ihr mich wieder ins Bett und ruft die Ärztin an, die kennt mich, die macht das schon. Und jetzt lies mir was vor.

Ich nahm ein Buch von dem Stapel auf ihrem Nachttisch und begann mit der ersten Geschichte.

Hör auf, sagte sie plötzlich, das ist mir zu traurig, leg das weg. Im Wald liest du mir dann auch was vor, nur was Kurzes, den Eliot vielleicht? Das ist ein Klassiker, belehrte sie mich. Weißt du, sie zog mich am Arm zu sich herab und flüsterte: Wald sag ich doch nur, weil da niemand vorbeikommt. Ich meine – draußen. Der Himmel oben und die Erde unter mir. Erschöpft sank sie zurück.

Auf der Erde liegen, wie stellst du dir das denn vor, maulte ich, so ein Quatsch. Ich war etwas genervt an dem Tag, weil sie auf der verrückten Idee beharrte. Sie bewegte verneinend den Kopf auf dem Kissen hin und her, dann lächelte sie.

Und noch was, Junge: Doktor Benn muss mit.

Doktor Benn war der Kater. Der war auch schon alt und verschlief seine Tage leise grummelnd bei ihr im Bett.

Okay okay, Oma, jetzt bist du aber wirklich übergeschnappt. Soll ich noch weiter vorlesen? Sie antwortete nicht mehr und ich saß da, bedrückt und verwirrt, weil ich nicht wusste, ob ich ihre Spinnereien ernst nehmen oder einfach ignorieren sollte.

Bist du jetzt böse? Sie war eingeschlafen. Ratlos blieb ich am Bett sitzen und tat mir selbst ein bisschen leid.

Kurz zuvor hatte ich Constanze kennengelernt, Jurastudentin, schön und ein bisschen unnahbar, ganz anders als meine Kommilitoninnen mit den Trekkinghosen und dem praktischen Kurzhaarschnitt. Mit Constanze konnte ich mir etwas Ernsthaftes vorstellen, hatte aber keine Ahnung, ob sie das auch so sah. Bisher wusste sie fast nichts über mich. Dass ich mich um meine Großmutter kümmerte, hatte sie mitbekommen, aber welches Ausmaß dieses Kümmern inzwischen angenommen hatte, ahnte sie nicht.

Constanze wollte wissen, wieso ich in Indien geboren bin. Auf Reisen geboren, erklärte ich flapsig, sozusagen unterwegs verloren, ein Souvenir, das meine Mutter mitgebracht hat. Sie war Journalistin und schon über vierzig, konnte sich ans Muttersein nicht mehr gewöhnen. Das hat dann Oma Else übernommen auf ihre alten Tage. – Constanze fragte nach meinem Vater.

Abgestürzt. Nein, im Ernst, er soll mit einer Cesna abgestürzt sein, da wusste er wahrscheinlich noch nichts von seinem Vaterglück.

Constanze machte schmale Augen. Dann könne ich ihm ja nicht böse sein.

Nein, bin ich nicht, meiner Mutter übrigens auch nicht, ich habe sie ja selten gesehen. Keiner ihrer indischen Gurus konnte sie heilen, und als sie nach Deutschland zurückkam, war es längst zu spät. Sie war halt – na ja… Bevor ich in der Erinnerung an meine abwesende Mutter versank, stupste Constanze mich an:

Aber du bist in Ordnung?

Ich hoffe doch.

Immer gab ich mir Mühe, Constanze zu beweisen, dass ich total Ordnung bin, ein ganz normaler

Biologie-Student innerhalb der Regelstudienzeit, noch ohne Lebensplan, aber mit starker Tendenz, sich im heimischen Artenschutz seine berufliche Nische zu suchen. Feldhamster, Fledermäuse, da gibt es interessante Projekte.

Gewiss, stimmte sie zu.

Wir sprachen nicht mehr über meine Familienangelegenheiten, aber als Oma Else wieder mit dem „Ich will im Wald sterben" anfing, trug ich Constanze die Sache vor wie einen Fall, der sich mithilfe von Paragrafen klären lässt. Eine klare, juristisch begründete Argumentationshilfe gegen die Spinnerei würde mich entlasten, dachte ich. Sie hörte mir aufmerksam zu. Wenn ich es genau wissen wolle, müsse sie nachschlagen, meinte sie. Möglicherweise gebe es juristische Bedenken, die seien in dem Fall aber hintanzustellen. Für meine Großmutter gehe es um einen schönen Tod, für uns gehe es um die Logistik. Und das seien Sachen, die die Gerichte nichts angingen.

Sie hatte „für uns" gesagt, das freute mich, und eines Tages nahm ich sie mit zu Oma Else. Die hatte einen wachen Moment.

Jura, murmelte sie, Recht und Gesetz. Ach

Mädchen. Na ja, Goethe war auch Jurist, man glaubt gar nicht, wie viele Juristen zur Kunst übergelaufen sind.

Die hellen Momente wurden seltener, die Ärztin drängte, etwas müsse geschehen, in einem Pflegeheim wäre sie jetzt besser aufgehoben. Ich wiegelte ab, ich wollte lieber häusliche Pflegeleistungen beantragen, die dann auch bald bewilligt wurden. Altenpflegerinnen schneiten herein, morgens früh eine und nachmittags eine andere, und taten ihr Bestes in kürzester Zeit. Zur Toilette, waschen, kämmen, betten, Medikamente verabreichen. Frau Sokolic versorgte weiterhin den kleinen Haushalt und ich kam mit ihr überein, dass sie danach noch blieb, wenn sie Zeit hatte, um sich ans Bett zu setzen und vorzulesen. Sie sträubte sich ein bisschen – bin Putzhilfe, lese nicht gut –, wurde aber schnell vertraut mit der neuen Aufgabe, und ich bekam regelmäßig gute Laune, wenn ich aufschloss und sie mit lauter Stimme und eigenwilliger Betonung Heine-Gedichte oder Keuner-Geschichten vorlesen hörte. Frau Sokolic bevorzugte die kurzen Formen. Ich hatte eine Bankvollmacht und konnte alles von

Elses Konto bezahlen, die Pension kam ja regelmäßig, es war mehr als genug.

Der körperliche Abbau schritt unerbittlich voran. Meine Großmutter trug nun Windeln. Anfangs hatte ich befürchtet, dass sie sich schämen würde, doch sie schien es nicht wahrzunehmen, jedenfalls ließ sie sich nichts anmerken. Manchmal brachte sie ein leises „Lies vor" heraus, was ich lesen sollte, sagte sie nicht mehr. Ihr Hörgerät mochte sie nicht mehr tragen. Wenn sie eingeschlafen war, nahm ich das Buch mit dem Titel *How We Die* zur Hand, das ich im Regal gefunden hatte. Besonders ein Kapitel beeindruckte mich sehr, in dem der Autor den Sterbeprozess seiner Großmutter schildert und dafür plädiert, Altersschwäche als Todesursache gelten zu lassen und nicht anzurennen gegen das Unvermeidliche. Manchmal saß Constanze in der Küche und löste ihre Fälle mithilfe dicker roter Gesetzessammlungen. Salim kam herunter und verglich den Zustand der Patientin mit dem, was in seinen Lehrbüchern stand.

Sie muss trinken, empfahl er und brachte ein besonderes Mineralwasser und eine Schnabeltasse mit. Im Krankenhaus würde sie jetzt künstlich ernährt, mit einer PEG-Sonde, die durch die Bauchdecke gestochen und in den Magen eingeführt wird, aber wenn sie das nicht wolle, nun ja.

Geht alles seinen Gang. Eine Frage der Zeit.

In jenen Wochen waren wir drei uns einig: Was wir taten, war unverantwortlich, und trotzdem war es richtig.

Es wurde Herbst. Constanze bereitete sich auf ihr Examen vor, ich versäumte einige Übungen und wie es aussah würde ich auch bei einer längeren Exkursion nicht mitfahren können. Im Internet rief ich die Seiten aller Pflegeheime in der Stadt auf, überflog sie und klickte sie weg. Ganzheitliche Pflege, war da zu lesen, Hygienestandards, liebevoller Umgang, Kaffeeklatsch. Bastelstunden wie in einer Kita, Taschengeld. Auf den Fotos gab es aufgehübschte Gemeinschaftsräume in Pastellfarben, für Tierliebhaber einmal wöchentlich den Besuch von Hund Asta, wie großzügig. Nein, da passte Oma Else nun wirklich nicht hin. Insgeheim hoffte ich, sie würde mit dem Sterben warten bis Semesterende, besser noch bis zum Frühjahr.

Wie kommt sie nur auf die Idee mit dem Wald?

Sie war immer ein Büchermensch gewesen, kein Naturfreak. Constanze hob ihre schönen dunklen Brauen:

Mensch, es gibt Leute, die viel mehr verlangen. Ein Mann hat die Asche seines Vaters bis nach Lhasa gebracht und noch höher hinauf, weil der das so wollte. Der war ein halbes Jahr zu Fuß unterwegs. Und wir sollten nicht mal ein paar Stunden im Wald zubringen können?

Sie hatte wieder „wir" gesagt und in dem Moment hatte ich den Eindruck, dass sie mit mir und Oma Else bis zum Himalaja reisen würde, wenn es denn gewünscht würde, und auch danach noch bei mir bleiben.

Du bist viel mutiger als ich.

Sie hob die Schultern und lächelte mich an.

Kann ja noch werden.

Aber dass der Kater mitsoll, das ist doch verrückt, murrte ich. Der sitzt nicht gern in der Box, im Auto schreit er und im Wald läuft er vielleicht sogar weg, und sie erwiderte:

Der gehört nun mal dazu.

Ich ging zu Elses Bett, wo Doktor Benn dicht neben ihrem Kopf auf dem Kissen lag und im

Schlaf leise grummelte. Ich streichelte ihn, er begann zu schnurren, und ich strich vorsichtig über Elses verschrumpelte Wange. Sie schlug die Augen auf.

Ist bald soweit. Lies mir vor.

Eines Abends kam Constanze mit einem jungen Mann an, der eine Art Bahre in Elses Wohnung schleppte.

Was soll das denn?

Jonas jobbt gerade bei den Maltesern, da habe ich ihm gesagt, er soll uns mal eine Trage besorgen.

Nun lehnte das Ding in der Küche an der Wand neben dem Katzenklo.

Die ist nicht geklaut, die haben sie ausrangiert, versicherte Jonas, ist aber noch gut in Schuss.

Das war meine geringste Sorge. Ich fühlte mich provoziert, eigenmächtig hatte Constanze eine Tatsache geschaffen, mit der ich nicht einverstanden war. Nachdem der Malteser gegangen war, fing ich an zu lachen und wusste im gleichen Moment, dass das nicht gut war. Ich griff nach dem Teil, klappte die Standbeine aus, ließ mich darauf fallen und streckte die Arme nach Constanze aus:

Komm, leg dich zu mir.

Sie sah ernst auf mich herab. Mir wurde klar, dass das Ganze ein Test sein sollte und dass ich bei diesem Teil durchgefallen war. Beim Aufstehen entdeckte ich neben dem Katzenklo eine kleine Pfütze, eindeutig Katzenurin. Überhaupt stank es ein bisschen, auch im Flur, auch in Elses Zimmer. Bisher war Doktor Benn wie alle seine Artgenossen immer sehr reinlich gewesen. Ich wischte den Boden sauber und erneuerte die Streu.

Es war allerdings kein einmaliges Malheur, nach einigen Tagen war klar, dass der Kater ein Problem mit dem Wasserlassen hatte. Überall in der Wohnung setzte er kleine Mengen Urin ab oder versuchte es zumindest. Sein Wassernapf war dauernd leer, fressen mochte er nicht. Also zum Tierarzt mit ihm, röntgen, Ultraschall. Vielleicht hilft Diätfutter? Der Tierarzt diagnostizierte Oxalatsteine in der Blase, drohender Verschluss des Harnleiters, Gefahr von Nierenversagen und riet zu einer Operation. Bei so alten Katzen sei das allerdings eine heikle Sache mit der Narkose. Das wusste ich und bat um Bedenkzeit.

Drei Tage später lieferte ich Doktor Benn in der Praxis ab. Am Abend rief der Tierarzt an, der Kater habe die Operation leider nicht überlebt, ob ich ihn trotzdem abholen wolle. Steif und kalt lag er in seiner Transportbox. Sein Fell war immer noch schön weich. Wohin jetzt? Mein erster Impuls war, Constanze anzurufen. Ich wischte mir die Tränen ab und tat es dann doch nicht, sondern fuhr zu einem Baumarkt und kaufte einen kleinen Spaten. Dann lenkte ich das Auto aus der Stadt hinaus und hinauf zum Wald. Ich verließ die Straße und bog links in einen Forstweg ein, ignorierte einige Verbotsschilder und holperte weiter bis zu einer ebenen Stelle, wo ich das Auto stehenließ. Ich nahm die Box und den Spaten und erreichte nach wenigen Schritten durchs Gebüsch den kleinen Teich, den ich aus meiner Kindheit kannte. Oma Else hatte ihn mir gezeigt.

Die Erde war erstaunlich locker, Doktor Benn bekam ein schönes Grab unter einer Weide nah am Ufer. Den größten Stein, den ich finden konnte, legte ich auf die Stelle. Ich blickte noch eine Weile auf die unbewegte Wasserfläche, auf der gelbe Blätter schwammen, und nach oben, graues Licht fiel durch die fast kahlen Baumkronen. Es war sehr still. Es war ein guter Platz. Hierher würde ich Oma Else bringen.

Sie fragte nicht nach dem Kater. Constanze brachte einen Plüschtiger an, der etwa seine Größe hatte, den legten wir neben das Kopfkissen, und wenn eine der Pflegerinnen ihn kopfschüttelnd entfernt hatte, tat ich ihn abends wieder an seinen Platz zurück.

An Weihnachten fuhr Constanze nach Hause, die Familie sollte wenigstens einmal im Jahr komplett sein. Klar, wer Familie hat, darf sich das wünschen. Auch Frau Sokolic brach auf zu einem Besuch bei Tochter, Schwiegersohn und Enkeln und Salim reiste über die Feiertage zu seinem Bruder nach Paris. Ich schlief in Elses Küche auf einer Matratze, daneben meine Lehrbücher, mein Notebook. Aber jeder Versuch, mir Lernstoff anzueignen, schlug fehl. Ich flüchtete in eine Kneipe und jedes Mal, wenn ich in die Wohnung zurückkam, warf ich zuerst einen ängstlichen Blick auf das Bett – lebt sie noch?

Das Röcheln nahm zu, ich konnte es durch die

Wand hören. Seit Tagen aß sie nichts mehr und wollte auch nichts trinken. Wenn eine Frau vom Pflegedienst mich anwies oder belehrte, drehte ich ihr den Rücken zu, ich fühlte mich belästigt und konnte meine Wut gerade noch verbergen. Wieder klickte ich mich stundenlang durch die Webseiten der Pflegeheime: Grundpflege, Behandlungspflege, Qualitätsstandards, ganzheitlich, liebevoll, sogar ein Hund kommt einmal die Woche zu Besuch. Obwohl keiner mir dabei zusah, hatte ich das Gefühl, es heimlich zu tun. Ich verschickte Mails mit Anfragen, wegen der Feiertage würden die Antworten auf sich warten lassen. Ich war entschlossen, bei der ersten Zusage die Einweisung zu veranlassen. Immerhin hatte ich die Vollmacht, die Patientenverfügung, das ganze Papierzeug war ja da und die Ärztin war längst dafür.

Am zweiten Feiertag mailte ich Constanze den Stand der Dinge und wünschte ihr weiter viel Spaß mit der Familie. Lass den Quatsch, schrieb sie zurück, ich bin doch heute Abend schon wieder bei dir.

Sie kam und schlief bei mir auf der Matratze in der Küche. Auch Frau Sokolic tauchte am nächsten

Tag wieder auf, kaufte ein und kochte für uns, riesige Portionen Pasta tischte sie auf. Salim kam am Abend zurück, wir aßen gemeinsam und wechselten uns ab an Elses Bett. Die leere Zeit zwischen den Jahren fühlte sich ausgefüllt an. Draußen war es ungewöhnlich mild, ein kräftiger Wind blies öfter die Sonne frei, die dunkelste Zeit war vorbei.

Oma Else spricht nicht mehr. Das Wasser ist bis zum Bauch gestiegen. Die Ärztin sagt:

Es geht jetzt zu Ende. Wenn Sie die Medikamente weiter geben, kann es sich noch ein bisschen hinziehen. Wenn Sie sie weglassen, geht es jetzt ganz schnell.

Und was soll ich tun?, fragt mein Blick. Sie erwidert ihn und schüttelt leicht den Kopf. Ich packe die Medikamente weg. Constanze sitzt auf der einen Seite des Betts, ich auf der anderen. Wir betupfen Oma Elses ausgetrocknete Lippen mit feuchter Watte. Wir warten. Zwischen zwei mühsamen Atemzügen bewegt sie den Mund. Sie hebt beide Hände ein wenig und lässt sie auf die Bettdecke zurückfallen. Noch einmal macht sie dass, dann ein drittes Mal. Constanze nickt mir zu. Ich verstaue die Trage im Auto. Diesmal lache ich nicht. Wir packen Oma Else warm ein, ich trage sie hinaus, Constanze sitzt schon auf der Rückbank und nimmt sie entgegen. Wir haben das nicht abgesprochen, es geschieht einfach.

Ich fahre zu der Stelle oben im Wald, wo Doktor Benn schon liegt, neben dem Teich stelle ich die Trage auf. Wenn meine Großmutter noch einmal die Augen aufschlägt, sieht sie durch die inzwischen kahlen Baumkronen den Himmel, über den die Wolken jagen. Ein Buch zum Vorlesen haben wir nicht mitgebracht, aber das ist auch nicht nötig. Wir schauen in ihr eingefallenes Gesicht, streichen immer wieder mit den Händen über die Decke. Die Abstände zwischen den Atemzügen werden länger und bevor es ganz dunkel ist, hört Else ganz zu atmen auf. Ich frage Constanze, ob ihr kalt ist. Ja, sie friert ein bisschen, trotz der Decke, die sie sich umgehängt hat. Ich umarme sie ganz fest.

Wir brachten Oma Else zurück in ihr Bett. Niemand hat uns gesehen. Ich telefonierte mit der Ärztin, sie erschien bald darauf und stellte den

Totenschein aus. Salim setzte sich zu uns, Frau Sokolic kam später am Abend dazu. Erst brach sie in lautes Weinen aus, dann zog sie eine Flasche Hochprozentigen aus dem Beutel und schenkte uns ein. Wir saßen um den Küchentisch und sie erzählte, wie es bei ihnen zu Hause im Dorf zugeht, wenn einer stirbt. Constanze sah zufrieden aus, in mir war es ruhig. Vier Jahre zuvor hatte ich meine Mutter beerdigt, jetzt also Oma Else. Sie war sehr alt geworden und wir hatten ihren letzten Wunsch erfüllt.